一切安排都是刚刚好

读者杂志社 编

時代文藝出版社

图书在版编目（CIP）数据

一切安排都是刚刚好 / 读者杂志社编. —长春：时代文艺出版社，2018.1

ISBN 978-7-5387-5564-0

Ⅰ. ①一… Ⅱ. ①读… Ⅲ. ①故事－作品集－世界 Ⅳ. ①I14

中国版本图书馆CIP数据核字（2017）第240586号

出 品 人 陈 琛
产品总监 郭力家
出版监制 刘 峰
产品经理 裴向敏
责任编辑 姜程程
装帧设计 荆棘设计
排版制作 李 楠

一切安排都是刚刚好

读者杂志社 编

出版发行 / 时代文艺出版社
地址 / 长春市泰来街1825号 时代文艺出版社 邮编 / 130011
总编办 / 0431-86012927 发行部 / 0431-86012957 北京开发部 / 010-63108163
官方微博 / weibo.com / tlapress 天猫旗舰店 / sdwycbsgf.tmall.com
印刷 / 北京市兴怀印刷厂
开本 / 710mm × 1000mm 1 / 16 字数 / 178千字 印张 / 16
版次 / 2018年1月第1版 印次 / 2018年1月第1次印刷 定价 / 38.00元

图书如有印装错误 请寄回印厂调换

愿为自己慢慢煮一锅白米清粥的人，也在生活的大命题中将自己慢慢地熬煮着，不激烈，不偏执，不放弃，一点点让灵魂散发出香气。

用修行的方式对待自己的劳动，追求平淡里的深味、简易中的精致、清素下的高贵，这是大部分人有机会采摘到的人生。

优雅也好，机智也罢，重要的是要在凌乱了的都市步伐节拍里找回一份笃定和从容。

一旦我们有爱，生活就开始有意义。一旦我们将责任赋予爱，生活就持久而丰盈。一旦我们在充满责任的爱中发现诗意，生活就再也不可能被毁掉。

美好是一个相对较晚到来的词语，它值得我们为之付出。而美好之前的不堪，注定是我们人生必然伴随的滋味。

真正的成长，可以既有孩子的纯真纯粹，又有成人的负责与担当。当你停止抱怨生活的不如意，拿出勇气直面时，才会知道，那都是为了成就你而来。

人本身才是最宝贵的资源。人生可以规划，并且要努力，但不该死板僵硬地去执行，也不要拒绝尝试改变。遭遇失败，要能反思，然后站起来。最终，我们都会走完自己的一生。

人们声称的最美好的岁月其实都是最痛苦的，只是事后回忆起来的时候才那么幸福。

目　　录

你若安好，清风自来

淡定从容过一生

岁月且行，时光知味

一切都是最好的安排

你若安好，清风自来

你可以拥有自己想要的生活，前提是，你真心为自己去活。

优　　雅

吴永进

我欣赏优雅的人，无论是男人还是女人。年轻时看格里高利·派克的影片，给我的感觉就是舒服，这种舒服其实就是优雅。看栗原小卷的影片也是这样的感觉，被她所饰演的人物感动，继而深深迷恋。后来慢慢知道，优雅是可以打动人的，它给人一种气息上的感染，让人觉得心灵的褶皱被熨烫，被抚摩得舒适。因为优雅是一种气质，优雅是一种美，优雅是超然与洒脱，具有精神滋养品的功效。

原本一直以为优雅是有条件的，比如优渥的经济基础、良好的家庭背景、深厚的文化底蕴等，就像 18 世纪的贵族。为什么一说到贵族往往就联想到高贵、优雅？因为富有嘛。所以人们常说培养一个贵族需要几代人的积累和努力，恐怕也是这个道理。没有一定的物质基础，怎么优雅得起来呢？

最近接连遇到友人的两件事，方才明白这其实是认识误区。

一是老同事继和，因为经济原因，一次次错过了购房的时机，如今房价已是悬在半空，仰之弥高了，加上女儿渐大，住房自然是相形见绌。可他并未捶胸顿足、怨天尤人，而是选择了另一种生活方式：租房。前一阵，因嫌早先所租的房屋小了，换了一套。正在我们为他烦恼之际，没想到，搬入新居之后，他竟然呼朋唤友，设宴款待，“隆重”庆祝乔迁之喜。据说我们已经是第三批了。进屋后，他们夫妇引我们参观“新居”，介绍住房装修，赞美家具陈设，俨然像那是他们自己新筑的“爱巢”一般。望着他们从心底洋溢出来的满足，在场的人分明感受到一种超然物外的自乐，我脑海里立刻蹦出两个字：优雅。生活虽然清贫如常，心却依然静若止水。

另一位是作家赵长天，罹患重病后，在他生命的最后时光里，他却镇定自若，每天带着欣赏的眼光，阅读长篇小说《大秦帝国》。他在人生的最后一条微博中写道：“住院半年，得以看完几百万字的长篇小说《大秦帝国》。春秋战国人性张扬，思想活跃，智慧绽放，天才辈出。这样的时代在中国唯一，在世界唯一。在此基础上诞生的大秦王朝，岂能用简单一句‘暴政’来概括。现在谈起中华文化传统便是孔儒，似太简单……”从容地评点文学、评点历史，哪里看得出是一个沉疴在身、不久于世的病人。这样一种告别人生的方式，难道不是大优雅吗？作家陈丹燕因此由衷地评价：“书生本色，光彩夺目。”

人生的舞台，时时上演着悲喜剧，面对生活的不如意甚至是生命的绝境，你将如何应对，这其实是谁也绕不过去的话题。上述两位友人，他们一个优雅地对待日常生活，一个优雅地对待生老病死。他们都是生活的智者，也是生活的强者。

在曲曲折折、坎坎坷坷的生命旅途中，在花花绿绿、光怪陆离的喧嚣光影下，需要培养一种姿态，那就是优雅。优雅能保证我们在任何情况下，都能演好自己的角色，不至于狼狈不堪，更不会丑态百出。

人生不平坦，优雅恒久。

禅 意 行 旅

钟立风

生活在都市，难免匆匆忙忙，凌乱了节奏与步伐。所以，我们看到大街上人来人往，个个表情紧绷，心里好像皆有提防和戒备。你要寻觅一个从容不迫、随人流漂荡、没有方向和目的的闲逸之人，还真是一件难事呢。然而正因如此，才会使更多人扪心自问：如此现实张皇和随波逐流，可是真实的自我？台面上声色款款、觥筹交错，内心是否早就失去了闲适安宁而木然不自知？

昨天与你谈及民国人士邵洵美，你说他就是那个年代的“不合时宜者”：悠闲、雅淡、从容不迫。时人说他和同类者如徐志摩等人犹如“激流边上的浮萍”，真乃生动、形象的比喻。时局动荡、光景变迁、人世险峻，皆不会扰乱时代大浪潮边上那片毫不起眼却悠然自得的浮萍。

说及他与徐志摩，谈资可真不少。他们都是翩翩俊才，风流倜傥，艳遇常眷顾。如此新潮人物，自然也极爱光顾各种派对和舞会，可他俩都不会跳舞，难免被朋友起哄推下舞池，朋友戏曰似“羊公之鹤”。与他们同时期的作家曹聚仁说，当时很多高级舞会，都要身着晚礼服进场，“燕尾青襟，雍容华贵”，着西装便服是绝对不可入内的，但是着中国长衫者可以昂首直进。一袭长衫成为当时风气，据说郁达夫、宋春舫等当时的文人雅士，一辈子都没穿过西装。如此飘逸脱俗、特立独行之品位，真叫我们遥想不已。

邵洵美在其文章《晃荡的回忆》里说，某年的一整个夏天，他都消磨在普陀山上。山上有座寺庙，庙里有些客房租给香客，他也住在里面。有天他去千步沙回来，听闻来了一些女香客。不知是有意还是无意，他推门进入一间后房……不得了！一位妙龄女香客正在洗澡。他慌得要命，腿脚麻木抬不动。女香客急忙用手捂住眼睛：“去，快些去！”他连说“对不起”，狼狈逃离。后来有一个细节令邵洵美百思不得其解，何故这位浴盆里的女香客没有捂住别的，而只是捂住了眼睛。是不愿意认识这个冒失的闯入者，还是只是不想让闯入者看见她的双眼？最后，他说自己明白了，这里面有一份禅意在：眼不见为净……类似离开城市发生在未知行途中的故事，除了拥有一份奇遇的滋味，似乎还有一种心灵的幡然醒悟。

法国导演特吕弗的一部电影里，有一位骨感、迷人而成熟的女子对一位痴迷于她的男孩儿说：一位绅士错误地推开一间浴室的门，发现了一个裸体女士，他连忙关上门道：“对不起，女士。”这是优雅。一位绅士错误地推开一间浴室的门，发现了一个裸体女士，他连忙关上门道：“对不起，先生。”这是机智。

优雅也好，机智也罢，重要的是要在凌乱了的都市步伐节拍里找回一份笃定和从容，如此才会寻觅着人生的趣味，从而获得心灵的智慧。好比我们读到一篇好文章，归根到底其风格也是趣味的表现，里面有着情感、思想和境界的高度。因此，趣味即品位。因为城市生活忙碌机械，稍不留神就会被现实的浪潮裹挟而去，不知所终。所以我们都要试着以各自的方式守住自身。一段旅程、一行诗句、一个影像、一缕情丝、一点禅意……都可以变作我们行路时候的安慰和依托，然后进入其中，萃取最珍贵美好的部分，抵达自我。

简单生活之美

江意

我们生活在一个物质极为丰富的世界，周围充斥着大型购物中心和24小时在线购物的机会。各种社会经济背景的成员都可以把自己淹没在商品之中，而人们也确实会这么去做。科技企业家格雷厄姆·希尔就是如此，1998年在西雅图，他卖掉了互联网咨询公司，挣到了原来想都不敢想的财富。

作为一种庆祝方式，他在西雅图热门的国会山地区买了一栋约330平方米的四层房屋，并且在一阵疯狂的消费中，购买了一套崭新的组合沙发，一副300美元的眼镜和海量的小玩意儿，当然了，还有一辆黑色沃尔沃轿车。因为忙于工作，无暇购物，他专门雇用了一个人来做采购员。采购员到出售家具、电器和电子产品的商店里，用相机拍下他觉得希尔可能会喜欢拿来填充屋子的东西，随后希尔会粗略浏览这些照片，并进行一场虚拟的购物狂潮。

结果没有任何迹象可以表明，这些物品中的任何一个，能让他更快乐。事实上情况或许恰好相反。

希尔的生活变得不必要的复杂。有草坪需要割，有排水沟需要清理，有地板需要吸尘，有室友需要管理（让这么大的房子空着看似不正常），有汽车需要上保险、清洗、加油、修理和登记，还要调设各种科技设备，并保持它们的运转。

不是每个人都能在创办科技企业上赚到一大笔钱。但作为一个生活中充斥着各种多余物品的人，希尔可不是唯一一个。在 2013 年发布的一份名为《生活在 21 世纪的家中》的研究报告中，加州大学洛杉矶分校的研究者们观察了洛杉矶的 32 个中产阶级家庭，发现所有母亲在处理其拥有的物品时，压力荷尔蒙都会飙升。在研究报告中，有 75% 的家庭无法把车停入车库，因为那里堆满了各种东西。美国自然资源保护委员会的报告称，美国人购买的食品中有 40% 都被丢进了垃圾箱。

我们对于物品的嗜好几乎影响到我们生活的每个方面。例如，住房的平均面积在过去 60 年里如气球充气般膨胀。1950 年，美国一所新住宅的平均面积约为 90 平方米；到了 2010 年，每所新住宅平均面积是 230 平方米。

“多余的财富只能购买多余的东西，人的灵魂必需的东西，是不需要花钱买的。”梭罗名著《瓦尔登湖》百年前的余音，在当今时代的浮光掠影中显得越发深刻。那如何在物欲横流的时代抑制物欲呢？

方法之一是去运动，德国一项研究发现，一定强度的有氧运动能让人产生快乐情绪和满足感，从而抑制对金钱等物质的欲望。研究人员让志愿者选择在跑步机上跑动 30 分钟，或者进行 30 分钟“安慰剂式锻炼”，然后让他们参与一种货币激励延迟游戏，并扫描志愿者的大脑。

结果发现，跑步组志愿者，这其中包括平时习惯久坐不动的人，对赢取奖金欲望平平，不如“安慰剂式锻炼”组活跃。运动对物欲的抑制可能与大脑分泌的“奖赏”化学物质多巴胺有关。人在获得奖赏时，多巴胺水平快速升高，随后迅速回落；而运动则致使多巴胺水平持续升高数小时，结果导致大脑对金钱奖赏反应迟缓。

而加拿大的艺术家萨拉则是把自己想买的东西画下来。跟很多人一样，萨拉渴望买下商店里所有自己喜欢的东西，但跟别人不同的是，莎拉并不会冲动地走进商店然后付钱打包带走心仪之物，而是用自己的画笔画下那些想买的东西，以延迟购物的方式与自己的购买欲做抵抗。2014 年萨拉出版了《那些我想买却没有买的漂亮东西》，这是一本关于抑制购物欲望的书。物质的满足感都是短暂的，如同萨拉受访时所说的，除了百货公司以外，充满阳光和撒满落叶的地方也是可以逛的。

而对和朋友一起运营 theminimalists.com 的瑞恩 · 尼哥慕斯来说，舍弃物品具有重生的意味。他曾经工作非常劳累，婚姻解体，因为绝望而酗酒、吸毒，直到他丢掉了 80% 的个人物品。他说：“一个月后，我的整个世界都改变了，然后我想，对我有益的也许对别人也有益。”于是他把自己的极简主义生活方式与很多人分享。

瑞恩仍然需要采购商品。“我是一个极简主义者，不是‘卢德分子’（19 世纪初英国手工业工人中参加捣毁机器的人），所以我并不否认商品对于生活的重要性。但在大多数情况下，我购买的并不是传统意义上的消费品。”

瑞恩说，在那些颓顿的日子里，他花了许多钱在所谓的物质财富上——跑车、大房子、奢华家具、新鲜花哨的各式玩意儿、价格不菲的衣服和鞋子、手表、收藏品……那些通常人们热衷购买的好东西，他都买了。

但是，这些东西并没有让他开心起来。

于是他开始尝试那些具有体验价值的产品：音乐、书籍、电影、乐器等等。相比那些实实在在的消费品，体验性产品能够持续提升人的日常经验和感觉。现在瑞恩每天最喜欢做的事情是在写作间隙拨弄吉他、听着音乐或有声读物散一会儿步，用手机上的 Kindle App（电子书阅读器读书软件）看会儿书。

这些创造性产品的价值，要远远高于那些传统意义上的消费品，或者奢侈品——劳力士钟表不会为你买来更多的时间。换言之，购买体验式产品，才能为你的生活增添许多附加值，从而帮助你成长。

很多精英人士都是极简主义者，1982 年，史蒂夫·乔布斯还单身的时候，他需要的只是一杯茶、一盏灯和一套立体声音响设备。

最终希尔也选择了极简主义生活方式，现在他住在一间约 40 平方米的零居室里，睡在可折叠到墙上的床上，有 6 件正装白衬衫，10 只浅碗用来装沙拉和主菜。当人们来共进晚餐时，他会拉出可伸缩餐桌。他连一张 CD 或 DVD 都没有，所拥有的书籍也只是从前藏书的十分之一。他说，现在我的空间很小，但我的生活很大。

6号女士的美丽人生

青黎

幸福有时似乎遥不可及，有时又非常简单：若你能为了所爱之物、所爱之人燃烧自己，它往往会不期而至。世界上最年长的钢琴家爱丽丝·赫茨·佐默便是这样一位老人。作为纳粹大屠杀的幸存者，2014年奥斯卡最佳纪录短片《6号女士》的人物原型，她历经沧桑却不改天真，一直追随挚爱的音乐单纯地生活，幸福也一直伴她左右，从未离开。

一

1903年，佐默出生于布拉格一个犹太家庭，她的父亲是商人，母亲出生于音乐世家，是当地艺术圈的名媛，与著名作曲家古斯塔夫·马勒是发小，与著名作家卡夫卡也非常熟悉。佐默在钢琴声中降生，5岁开始学习钢琴，很快便展现出了卓越的天赋，16岁成为布拉格音乐学院大师班最年轻的学生，20岁跻身顶级音乐会的钢琴家之列，开始举办独奏会。每每钢琴声响起，便是佐默最幸福的时刻。她不知怯场为何物，因为“一个人之所以怯场，是因为他太关心别人怎么想，而非关注音乐本身”。佐默关心的，永远是她和音乐的关系以及指尖流淌的灵感与满足。

25岁之前，佐默一直相信音乐能带来快乐，但这一年她的好友猝然辞世，她的生活忽然间被伤痛淹没。为此佐默一度终止了练琴，后来在男友利奥波德的鼓励下，她重拾钢琴演奏，并惊讶地发现：原来音乐不仅能给人带来快乐，还可以吞没一切令人不悦的东西，比如忧惧、悲伤与失望。

后来佐默成了利奥波德的妻子，他是一个懂得尊重她，并且尊重音乐对她的意义的人。婚后的生活平淡而幸福，他们志趣相投，会在下班后挽着手看戏、听音乐会，周末则留给艺术馆和聚会。34岁那年，佐默成了母亲，三口之家其乐融融。

然而，纳粹德国军队的入侵永远地改写了佐默和家人的命运。佐默的母亲与公婆是第一批被送往集中营的犹太人，她永远忘不了与母亲分别的那一天：72岁的母亲背着重重的行囊一步步走进纳粹集合犯人的大楼，步履沉重，背影凄凉，这一幕让佐默心碎。母亲走后，佐默心中承受着前所未有的绝望和自责。正是从那时起，她开始练习肖邦的24首前奏曲，这些曲子传递了身患重症的肖邦对生命与死亡的思考。有灵魂的音乐支撑着佐默，她说：“我感觉到，只有音乐能给我带来希望。事实上，音乐是我的信仰，音乐就是上帝。”

母亲被带走一年后，佐默和丈夫以及6岁的儿子也被送入了特莱西恩施塔特集中营。她在那儿得知母亲遇害，内心悲痛欲绝。集中营里时刻笼罩着死亡的阴影，食物很糟糕，纳粹官兵的态度也十分粗暴，但佐默依然设法练琴，并相信音乐能给自己带来好运。

二

特莱西恩施塔特集中营是一个中转站，大部分被送往那儿的犹太人都会被转往死亡集中营。为了应付国际红十字会一年三次的检查，纳粹德国试图将特莱西恩施塔特集中营打造成样板集中营，因此他们定期举办音乐会和歌剧表演，以展示“人道主义”。正因如此，琴艺高超的佐默得以在音乐会上演奏肖邦名曲，她甚至争取到了每天练琴一小时的“特权”。虽然钢琴残破不堪，但她依然时常微笑，她说：“音乐使我感觉开心，我知道只要能演奏，日子就不会太糟。”

佐默的演奏充满力量，她不仅鼓舞着集中营的难友们，也打动了许多纳粹军官。佐默弹琴的时候，他们会站在后排或者窗外安静地聆听，偶尔还会向她致意。虽然对纳粹表现出任何善意都会招来狱友的白眼，但佐默坚持用自己的方式来对待他人：不管是看守还是狱友，只要对她的音乐表现出一丝尊重，她都会优雅致谢，不卑不亢。

有天夜里，演出结束后，一名年轻的纳粹军官拦住了正要返回住所的佐默，并真诚地告诉她，自己来自一个音乐世家，母亲也是一位很好的演奏者，他听得懂佐默的音乐，真诚地向佐默致谢，并告诉她：“您的演奏对我来说意义非凡。”看到四下无人，年轻军官还低声告诉佐默，他会保证她和她儿子拉斐的安全，让他们不被送往死亡集中营，一直平安地待在特莱西恩施塔特集中营，直到战争结束。

佐默和儿子果然没有出现在任何一份驱逐名单上，但她的丈夫在颠沛流离中离开了人世，只留下一把他在集中营里用过的锡汤匙。特莱西恩施塔特解放后，佐默和儿子回到了布拉格。母子二人缺衣少食，举目无亲，只能靠音乐打发孤寂。后来，在姐姐的帮助下，佐默母子移居以色列。对于这个接纳自己的国家，佐默充满感激，也开始愈发努力地生活。她如愿成为一名音乐教授，儿子拉斐也成为世界知名的音乐家，母子俩一直用行动诠释：有音乐陪伴的人生，永远不会太糟糕。

三

佐默亲历过纳粹的疯狂与残暴，但她没有简单地选择愤怒，而是终其一生都在思考。佐默得出了这样的结论：每个人都能选择善恶，选择权在我们每一个人的手上。而佐默的选择是：以更好的姿态面对余生。

83 岁那年，佐默搬到伦敦与儿子拉斐同住。同年她患上了乳腺癌，为其治疗的医生忧心忡忡，担心自己的描述会吓坏眼前的老人，佐默却谈笑自如，坚决地要求医生实施手术。术后她恢复得飞快，并进入了老年大学，成为班级中最古灵精怪的学生，每一次都能将教授问得瞠目结舌。

出色的拉斐是佐默晚年重要的精神支撑，但 2001 年 11 月，距离佐默 98 岁生日还有 13 天的时候，拉斐在演奏完一场音乐会之后离开了人世。这对佐默是一个致命的打击，但她依然找到了振作起来的理由。她说：“我并不是天底下唯一一个失去孩子的母亲。100 年前，伟大的钢琴家克拉拉·舒曼也失去了两个孩子，但她依然可以从音乐中汲取力量，直到离世。我觉得我一定也可以。”

拉斐走后，佐默依然保持着自己的生活习惯，每天至少练琴 3 个小时，坚持锻炼，吃健康的食物。

在人生最后的岁月里，佐默独自住在伦敦自赛兹公园附近的公寓，每天与音乐为伴。与此同时，她还是一位很潮的老人，会穿匡威鞋，认真搭配衣饰。当有人问及她的人生体悟时，她平静地告诉对方：“不要停止学习，即便你很老很老，也要对这个世界保持好奇；学会感恩，要相信所有的经历都是生命的馈赠。”

2014 年，佐默病逝于家中，享年 110 岁。多年以前，她曾断言：“我活在音乐里，也将死在音乐里。”上帝成全了她的愿望，并使其在音乐中得到了永生。

清　粥

月满天心

潘向黎写过一篇小说《清水白菜》，小说中的女主人公是个极爱米饭的恬淡女子，她煮出来的米饭，清香四溢，颗颗饱满，光看文字，就让人口齿噙香。白米是如此神奇的食物，既可蒸出筋道饱满的米饭，也能煮成糯软甘甜的清粥。

清粥是最家常的饭食，自然不需要高贵的香米，普通的新鲜白米即可。傍晚，几束夕阳的余晖打在灶台上，开始煮一锅清粥，只米和水，还有一颗悠闲的心，简单明了。

煮粥的过程悠长，却并不枯燥。眼见着米和水，陷入纠缠，米会一下子感知到水的温暖，开始会有点儿不适应，躲躲闪闪的。随着水一点点沸腾翻滚，不停示好，米粒终于欢快起来，在水一波一浪的推动下，咕嘟咕嘟地跳着舞，随着热气徐徐上升，开出乳白色的花朵。厨房里就会弥漫起淡淡的甜香，热乎乎的。这是米在慢慢地释放着自己，也是水在慢慢地融入米的世界。这时候，就要把火关到最小，小到可以让锅里保持着咕嘟的状态，又不会让刚氤氲出来的热气散掉。

之后，米和水的生命进入另一种状态，行动开始迟缓、安静。当米与水之间没有一丝的缝隙，稠且润泽，咕嘟声均匀如尘世的喧嚣，香气便徐徐地氤氲，是人间烟火的香气，也是幸福的香气。

粥快熬好的时候，锅里的米就变得懒懒的，躺在水的怀抱里，惬意舒心的样子。而水，早就化成袅袅蒸气，缭绕四散，也有调皮的，钻到米的身体里躲了起来。锅还是那只锅，可是，锅里的水和米，却水中有米，米中也有水，再也分不开了。如生命和经历，总会有抗争和激烈，慢慢便会进入一种状态——互相依存，又互不干扰。

我是极爱喝粥的人，白瓷碗，小咸菜，或者一枚腌出油的鸭蛋，是清粥的绝配。喝一口，黏稠润泽，牙还没有感知到，就滑到了身体里，唇齿留香。紧接着，是身体里的温暖与熨帖，心，一下子就松弛下来。世事都远了，只愿此刻，专心感知粥的美味，体味生活的眷顾，感知安静的、有粥可食的人生。

南宋著名诗人陆游曾作诗《食粥》："世人个个学长年，不悟长年在目前。我得宛丘平易法，只将食粥致神仙。"

被鸡鸭鱼肉和各种添加剂刺激的味蕾回归敏感，清香满口，余味不绝。清粥带给世人的福泽，是人如神仙。

宋代苏东坡有书帖曰："夜饥甚，吴子野劝食白粥，云能推陈致新，利膈益胃。粥既快美，粥后一觉，妙不可言。"

清粥的好处不仅仅是简单、养生、清香。

汉代医圣张仲景《伤寒杂病论》述："桂枝汤，服已须臾，啜热稀粥一升余，以助药力。”

清粥一碗，可养身心，可助药力。

青春飞扬的年纪，处处都是好风景，很难将自己关在厨房里，为自己、为家人煮一锅真正的清粥，便常常用稀饭代替。哄骗的，终究是自己的身体和心。

不知从何时起，开始有心思慢慢熬一锅清粥，好像没有着急要做的事。吃了亏，煮粥的过程便慢慢让心境平复。躲在厨房里，少了一些灯红酒绿，却多了许多闲适，心和味蕾都更敏感，对幸福有了更清醒的感知。房子、车子、票子，盈余就好，不求太多。身体的熨帖和糯滑的口感，成了第一需求。

我认识一个每日为自己静静煮粥的女人，连续遭遇背叛，离婚，财产被前夫转移，接着工作出了纰漏，失业。我不放心去看她的时候，夕阳垂在西窗下，她敛目低眉，专注于面前的一锅粥，那么虔诚和安静，如佛。见我来，她微笑招呼：“来，我煮了清粥，我们一起吃。”

清粥为伴，滋润身心。给予生命营养，便不惧流年。

愿为自己慢慢煮一锅白米清粥的人，也在生活的大命题中将自己慢慢地熬煮着，不激烈，不偏执，不放弃，一点点让灵魂散发出香气。

人生的深味

王开岭

醋米饭、海鲜、蔬菜，它们抱成团，即成了在日本最得宠和最大众化的食物：寿司。

纪录片《寿司之神》，描述了一家“值得用一生去排队”的餐厅，铺面很小，不到十座，除了麦茶和热毛巾，只提供寿司。它位于东京银座地下一层，连洗手间也没有，但它两度被“美食圣经”《米其林指南》评为三星，这是全球餐厅的最高荣誉。

“不好吃，就不能端给客人。”87 岁的小野二郎说。

他是店主和主厨，也是该店的灵魂和标志。当他站在你的餐桌前，全神贯注地捏一只寿司，然后捧给你时，你会油然生出一股庄严感，犹如坐在寺庙的蒲团上，甚至因崇敬和幸运感而有点儿紧张。因为老人身上那缕光阴的平静，因为他身上散发出的修行者的光芒，因为眼前这个人，用了

60年来做眼前这件事，而每一次，都是在重复的基础上诞生新作。

“这么简单的东西，味道怎会如此有深度？”食客们用幸福的语气问。

“每种食材都有最美味的理想时刻，要把握得恰到好处。”小野二郎说。在他的店里，为使章鱼口感柔软，不似橡胶那么僵硬，要对之按摩40分钟；为呵护米饭的弹性，其温度要贴近人的体温；做学徒，先要练习拧滚烫的毛巾，随之是用刀和料理鱼，大约10年后，你才会上台煎蛋……

“我一直重复做同样的事情以求精进，我总是向往能有所进步，我会继续向上，努力达到巅峰，但没人知道巅峰在哪里。”老人说。

追求技艺的完美，对细节一丝不苟，在重复中精益求精，此即日本传统文化推崇的“职人”生活。“职人”，社会身份即手艺人、匠人，但它同时也是个精神身份，意味着一种成就、修养和品格。在《留住手艺》一书中，日本作家盐野米松写道：“他们就是这样，了解素材的特性、磨炼自身的技艺、做出好的东西。这是他们的生活本身，是他们的人生哲学。”

让人感叹的是，这种对待劳动的认真和严苛的自律，不仅是市场和竞争的需要，更是“职人”内在的生命追求，是精神驱动和自我修行的结果，他们执行的是自己的尺度，而任何一丝松懈或作弊，都会让其失去自我器重。

这是典型的东方智慧，亦符合中国心学倡导的“格物致知”“知行合一”，只是更世俗化和事务化了些。

70岁前，餐厅食材由小野二郎亲自挑选，他每天骑车去菜市场，从最信任的商贩那儿领取属于他的东西。纪录片里，有一组在菜场的场景，商贩们说：“有些米只供给小野二郎，因为只有他知道怎么煮。”“若有3公斤野虾，那就会留着，直到他来。”“好东西是有限的，要交到最好的人手上才行。”

这是一种带体温的商业。其实，和小野二郎一样，这些商贩在自己的领域亦是行家、权威和伯乐，亦是有理想主义倾向的人，他们知鱼懂米、惜物识人，除了逐利，他们有额外的准则和希冀，他们重视自己的下家，惦念着物的前途和归宿，他们追求完美的流程，渴望成为“正果”的一部分。

最好的鱼贩，最好的虾贩，最好的米贩……最好的使用者，这是一个由“最好者”缔结的链条。在贸易上，这是一种联盟式的高度信赖和共栖关系，而在精神上，又何尝不是一种知音式的彼此怜惜和偎依取暖？

这是敬业、敬物、敬人，也是敬天地、敬生命、敬自我。

正因为这种人和人生，这种行为风格才不是孤立的，它才有生存和繁衍的可能。所以，小野二郎并不孤单，他是一个群体的成员，这个群体，在追求一种内容和气质相近的生活：专注、执着、严谨、诚实、身心并赴、内心充满安宁和纯粹的喜悦……

小野二郎说：“你要爱你的工作，你要和你的工作坠入爱河。”

用修行的方式对待自己的劳动，追求平淡里的深味、简易中的精致、清素下的高贵，这是大部分人有机会采摘到的人生，而命运，也很少辜负这种选择，尤其在精神回报上。

岁月不蒙尘

莫小米

一老妇，80多岁，儿孙都长大了，老伴儿去世了，她寂寞空虚吗？不会。

在漫长岁月里，在祖传的老屋里，她积攒了无数的宝贝。这个无数不是夸张，有人问过她，一共多少件？她回答，很久以前就已经数不清了。

这些宝贝并不值钱，但是好看。有次我和一个女孩儿出差，看到任何一个有趣的小摆设，她就惊呼："好可爱"，然后就买回家。

老妇人的宝贝，大抵就是这些东西。

这个老妇人生活在英国，我只是从照片上看到她的宝贝，我仔细看，有正在接吻的情侣娃娃，坐成一排的狐狸，古老的发条青蛙，芭蕾女孩儿八音盒，雪花纷飞的童话小屋，水晶鞋，万花筒，图案精美的小碗小碟，瓶瓶罐罐……

光是塑料和陶瓷做的兔子、小猪就有一个房间，分门别类，陈列在老伴生前帮她打造的架子上。

不同造型的小闹钟，有 150 多个，令人称奇的是，它们全部在滴答滴答地走，都是准时的。

中国的大熊猫摆件，一共有 500 多只，每只造型都不一样，有嚼着竹子的，有耍着功夫的，你挤我，我挤你，摆了整整一架子。

老妇人一点儿也不寂寞空虚，她每天要为她的宝贝掸灰尘，等掸完最后一个，头一个又需要掸了，周而复始，没有停歇。

有人问烦不烦。怎么会烦？她的宝贝，每一件都值得回忆，那件是和邻家小男孩儿携手逛夜市时买的，这件是和女同学逛跳蚤市场时尖叫着淘来的，那件是试婚纱那天顺便带回家的，这件是向往已久忽然从街角寻到的……她记得清清楚楚。

芭比娃娃是自己买给小女儿的，小女儿长大了就回送给妈妈；丈夫是狮子座，自己是双鱼座，每年都会互赠狮子和鱼；金字塔是失散多年的初恋情人从开罗带来的；身形窈窕的锡壶，是孙子陪爷爷奶奶游马来西亚时买的……

与那些小玩意儿相关联的记忆总是细碎而有趣的，是专属于女人的，老妇人为它们一一掸去灰尘，轻柔地抚摸那些美丽的日子。

慕名来参观的人，都会惊诧于它们的亮洁如新。

谁说老人只有尘封的记忆？天天擦拭那些心爱的宝贝，她的岁月便不会蒙尘。

对一只蝴蝶的关怀

李汉荣

初夏的一个上午，我去河边散步，看见河湾的岸边一个小男孩儿和小女孩儿神情紧张专注，好像在讨论一件重要的事情。我轻轻走近他们，才看见他们正在营救一只在水面上盘旋挣扎着的花蝴蝶。那蝴蝶也许翅膀受伤了，跌入水中又使翅膀过于沉重而无法飞行。小男孩儿将一枝柳条伸向水面，但柳条太短，小女孩儿又折了一枝柳条，解下自己的红头绳将两根柳条接起来，终于够着那只蝴蝶了，然而它仍然不配合，不知道赶快爬上这小小“生命线”。小女孩儿急忙摘下头上的蝴蝶形发卡，系在柳条的一端，让小男孩儿投向水面的蝴蝶附近，示意它：这是你的同伴来搭救你了，你不认识我们，你总该认识你的同伴吧。果然，那弱小的蝴蝶扇动几下翅膀，缓缓地挨近这一只“蝴蝶”，缓缓地爬上这只“蝴蝶”结实的翅膀，小男孩儿慢慢地将柳条移向岸边，蝴蝶终于上岸了，两个孩子快乐得又说又笑起来。

我以为事情到此结束了，然而，两个孩子又商量起了这只蝴蝶今后的生活。他们小心地把蝴蝶放在阳光下的草地上正开放着的一丛野蔷薇花上，让它一边晒太阳，一边汲取花蜜。但是，他们仍觉得这种安排不到家，他们担心贪嘴的鸟啄食了这需要安静疗养的可怜蝴蝶，就采了几片树叶搭起一个简易的绿色“避难所”，将蝴蝶护在里面。他们相信，待它安静休息一些时候，伤口愈合，体力恢复，它就能重新飞舞在春天的原野上。

今天上午我本来是不准备出门的，想待在家里读书或写作。不知道什么原因我还是出门了。多亏我走出了门，在书本之外，我读到了春天最纯洁、最生动的情节。在我小小的文字之外、在生硬的键盘之外，两个孩子和那只蝴蝶、那片水湾，组合成真正满含温情和诗意的意象。在我的思路之外，孩子们的思路才真正通向春天深处，通向万物深处，通向心灵深处。

在回家的路上，我想了许多。首先我觉得我的善心比孩子们淡漠得多也少得多，或许我更关心的是自己的生存、利益、脸面、尊严，而对其他生命和生灵的生存处境及他（它）们所受到的伤害，并不是太关心，即使关心，也不是感同身受和倾力相助，即使关心了，也并非完全不求回报。总之，我觉得，仅就善良、纯洁这些人性中最美好的东西而言，我们不是与日俱增，而是与日俱减。人随着年龄的增长、阅历的加深，人性中的“水土流失”也会逐渐加剧，而流失的，恰恰是善良、纯洁这些人性的好水土，内心的河流渐渐变得混浊，泥沙俱下。细想来，这是多么可惜的事情。人性的好水土流失了，纯真情怀少了，实用理性多了，率真少了，算计多了，在这一多一少的增减过程里，人们的情感和心灵，就渐渐出现轻度或重度的“荒漠化”了。由这样荒漠化的人组成的人群和社会，岂不是大沙漠？那时不时呼啸着扑面而来、飞沙走石、遮天蔽日的，莫不是人性和人心的沙尘暴？

那两个可爱的孩子，他们是这个早晨的天使。他们对一只蝴蝶的同情、对事物的爱，是真正出自善良的天性和纯洁的内心。除了爱，他们没有别的动机，爱在爱中满足了。不求回报的爱，才是大爱、真爱。不求回报的爱，也许才会获得事物本身乃至整个大自然更丰厚的回报。试想，孩子们在拯救一只受伤生灵的过程中，内心里洋溢着怎样纯洁的愿望和爱的激情，这种内心体验，本身就丰富了孩子们的情感世界，化作他们宝贵的精神资源和美好记忆。在培植美好事物的时候，内心的愉快是其他任何东西都无法带来的，你给世界带去了一点儿希望，同时你的生命也被这点儿希望之光照亮。那只蝴蝶当然不会飞到这两个孩子家的花园里向他们点赞致意。但或许，整个原野和春天，都会从孩子们的善行中受益，若干年后，甚至几百年几千年后，如果有某种险些灭绝而终于没有灭绝的花卉，在一次神奇的转机中获得了再生，成为某个城市的市花，或某个国家的国花，也许这美丽的花，它的命运就与一只蝴蝶有关，与这只蝴蝶的一次及时传花授粉有关，与两个孩子有关，与若干年前，那个初夏的早晨有关……

你可以拥有自己想要的生活

沈嘉柯

十几岁的时候，谁没想过未来呢？

中学时，我特别爱好文学，崇拜作家，看各种文学杂志。我看到林斤澜回忆汪曾祺时说，“动动手指就来钱”。那时物价低，汪老随便一笔稿费，就足够大伙去味道不错的馆子撮一顿。

得，那一刻，我心中顿时升腾起了作家梦。我的作家梦一点儿也不神圣崇高，完全基于这么一个朴素的想法——写写就有稿费，可以吃好的，也不用风吹日晒雨打。我开始琢磨起投稿，很快，在武汉的一份小报纸上发表了一首诗歌。

回家后我才发现，报社寄给我的样报，被我妈拿去擦桌子了。她以为是垃圾广告。我哭笑不得。好在信封还在，里面还有一张纸，上面解释说，副刊为读者园地，没有稿费。

好吧，我就不生我妈的气了。虽然没有钱，但总算发表处女作了，增加了几分信心。整个高中生涯，我都在文史哲科目上用功，成绩基本上年级第一。数学凑合，英语垫底。

高考后填志愿，我选中文，我爹一口否决道：“读什么中文系呀，将来不好找工作。”

“那选什么专业？”我不乐意了，中文在我心里是神圣的专业，是通往作家之路。

我爹笑着说：“法律好，是现在的大热门。再说到了大学，课外时间还是可以弄你的文学。”

我就这样随波逐流去念法律系了。然后我发现，读法律也是可以发表文章的，大二时投给《光明日报》《中国青年报》的几篇法律文章，一两个星期后就发表了。样报和稿费寄到系里，收到时我高兴坏了，好几百呢。

我去校外餐馆把炸鸡腿、水煮肉片、酸菜鱼和雪碧、可乐点齐了，请上要好的同学一起大吃。这导致此后只要看见我的名字出现在报刊上，他们就主动出现在我面前约饭。

我爹没骗我，大学是自由的，学法律不耽误文学。参加学校的诗社，拿了个省共青团的诗赛特等奖；在杂志上发表散文、小说，稿费也不少。从此一发不可收拾。我终于过上了梦寐以求的、动动手指就来钱的日子，没毕业就买了电脑，提前迈向经济独立。

2002年的年底，离毕业还有半年，我提前去了一个心理学刊物求职。老总招聘时直接要了我，理由也很搞笑，法律专业理性，你又能写感性的文字，招你很划算。

那时我已经不偏执了。法律也好，心理学也罢，不管什么专业、职业，消化了，不妨碍文学创作，还有益处。

这个经验，对我的三观改变很大。你说是感性好还是理性好？你说了不管用。对于他人来说，你能兼顾最好，因为性价比最高。

每当我看到突然就辞职去旅行、突然换一种生活的故事，心里都不以为然。因为这样的故事只讲了一半，不完整。

人生如逆旅，很多人在某一刻，会涌起一种逃跑的冲动。那一刻，你不想上班、不想结婚、不想愁苦、不想成功、不想拼搏、不想努力、不理睬社会、不关心人类、不要求鲜花赞美、不在乎诋毁，只想放弃一切，听从自己的心，说走就走，奋不顾身。

谁不想做自己呢？可是做自己，也是一件需要可持续发展的事。社会没有义务惯着你、养活你，哪怕你文艺得飞上天，你总有回到地面上吃喝拉撒的时候。

所以我特别喜欢李宗盛的演唱会主题“感性与理性”。为了获得靠谱的自由，为了过自己想要的生活，我用了 8 年的时间来做准备。

我开始买房，开始储蓄。我从一个对经济、对理财一窍不通的人，渐渐变成一个略有了解的人。从拿到转正工资后的第二年开始，我就每个月按时零存整取。

我在各种媒体上，看各种关于房子的研究和争吵。可是，他们吵他们的，我想要有一套可以自己做主的房子。当你拥有了，你就不必再去浪费心力为这个东西烦恼了。

2005 年，我在自己 23 岁时买房了。既然我有住所了，只需要按时还贷就可以了，为什么不换工作呢？我已经对当时的那份工作厌倦了。

我的一个作家朋友很反对买房，她觉得完全可以一直租房。后来她被房东驱赶，一气之下决定买房时，房价已经变成了天价，真的成为巨大的负担。她很不开心。

我一点儿都没有幸灾乐祸，也没有那种“看吧，当时不听我劝告”的想法。选择了一种生活方式，就是选择了为之付出的代价。遗憾的是，她原来没有自己想象的那么豁达，可以承受改变规划的压力。

其实，人生肯定充满了意料之外的事，世界上也没有什么完美计划，但是最起码，我可以做好自己该做的准备。

我问自己：你想要过什么样的生活？什么样的生活是你想要的？好像一下子无法具体形容。但是，我可以从相反的角度，来勾勒那种生活的轮廓。对，我很清楚，我不想要什么样的生活。

我不想朝九晚五，不想每天都花两个小时以上，堵在这个城市的马路上。我不想工作日起来的第一个念头是不要上班迟到被扣钱。

我不想坐吃山空，花光了这个月的，就没钱用了。如果生病了，都没保障。

我不想完全为了稿费，去写自己不喜欢的东西。虽然多多少少要写一些交差的文章，但大多数时候，我想写让自己高兴、舒服的文字。

我不想出去玩还要缩手缩脚，太精打细算，以至于到了目的地以后，没有真正的惊喜可言。

2007 年的时候，我辞职了。

当我有了人生第一个 20 万的时候，我就在想，假如我完全不工作了，能不能不依赖他人，完全靠自己吃饭呢？显然 20 万完全不算什么。

我又想要自由，可以随心所欲地写东西，又不愁温饱，怎么办呢？我心想，这附近都是大学，再不济，把房子租出去，七八百块钱的租金可以有吧？我又不是那么贪心的人。我只想比银行利息多点儿，把它当一个母鸡，一个月生一个蛋，可以长久吃下去。

2008 年的时候，我又开始看房了，下手买了一套小公寓，用来收租。

那是世界金融危机爆发的一年。在售楼部，我缴纳了全额房款。那个销售主管偷偷跟我说：“你胆子可真大啊，现在都没几个人还敢买房了。”可是别人敢不敢，跟我有什么关系？我确信，吻合我的人生之路就好。

我给自己买社保医保。我在比较宅的日子里，一年中，大半的时间自由散漫，还有一小半，会和圈内朋友约个饭局，了解下当下的行业情况，跟上风气潮流。

2010 年的时候，我开始收租了。一个背包，一个人，天南地北地独自跋涉。我不必跟父母交代什么，因为我完全养得起自己，而且照样在沿途写稿赚钱。我给了他们安全感，他们就给我自由。

2011 年的时候，我又去了一趟厦门，在大家都很想去的那个岛屿上，轻轻松松、认认真真地玩。

我想这就是我想要的生活。梦想可以照进现实，因为我心甘情愿地付出了代价，然后收获。

到今天，我并没有像那些特别有钱的人那样，物质特别丰盈。不过，我知道我的那些享受了父母福荫的朋友，动不动就念叨被插手人生。当然啦，得到了上一辈的好处，总得听他们的话。你的自我和自由，必然大打折扣。

我情愿自己年轻时过得累一点儿，心安理得过自己的人生。

这就是人生的真相。你可以拥有自己想要的生活，前提是，你真心为自己去活。

十年前扇过的翅膀

沈嘉柯

我从小就挺宅，不爱跟其他孩子玩。从十七岁那年开始，我在法律系的课堂上听到各种故事，其中很多让我瞠目结舌，这让我大学时写作很顺利。

毕业后，我去了一家心理学杂志社，完全出于好奇。

那时我并不知道，我打开了人间的潘多拉盒子，见到了深海才有的奇异斑斓。

当时，单位规定员工必须值夜班，接咨询热线电话。当然，夜晚回家不方便，单位会给五十块钱的车费补助。

好几个同事不乐意，说，为什么不邀请社会义工参与呢？

领导回答，社会义工根本没有相关知识，有的自己都有心理问题，不像你们天天受熏陶，有基础。

但是当时的我们，写一篇文章就有几百块，所以谁也不乐意在这件事上浪费时间。

不过，我之所以选择在这家杂志社工作，就是因为怀着对他人的好奇心。说得俗一点儿，其实是一种为了写作的偷窥欲。

说不定有精彩故事呢！

就这样，我怀着不满，讨价还价后，愿意一周值三次班。杂志社增加了我的编辑版面，相当于间接提高补助。

在深夜，我开始跟全国各地许多千奇百怪的人谈心，各种你能够想象到的奇葩人士、边缘故事，应有尽有。

比如动不动就有人打电话过来，哭着嚷嚷要自杀，准备放弃一切。至于失恋的、被父母抛弃的、说自己破产的，层出不穷。

有的故事，让你难过落泪；有的故事，让你愤怒。但这些情绪我都得控制好。一般我接到问题后，会按照电话咨询手册的标准回答来应对。应付不了的，请他们明天接着打。

后来我又玩票性质地当了半年记者，一会儿飞去北京采访高级官员，一会儿去小城市参加医学会议，一会儿去山村了解最底层人的生活。

最终，我变成了一个见多识广的人。

后来，我去很多大学和知名企业做讲座，登台演讲浑然忘我，从不紧张，效果奇佳。我自己都想不到，当年我接热线电话的经历，无形中提高了自己的语言表达能力。

那些我不喜欢的、厌烦的，甚至是我抗拒的人生阅历，一点点成就了我。不知不觉，功夫居然就上了身。

我最近还常常看《金星秀》。这个人的人生经历太过传奇，她跳了半生舞蹈，年轻时恐怕也没有想过自己会开脱口秀，还那么红，国内电视节目同时段收视率第一。但是，她出国的经历、跳舞的经历、打工的经历，最后都变成了她脱口秀的重要内容。

没有这些多年积累的东西，她拿什么来秀？

有一部电影叫《蝴蝶效应》，我当时看的时候，是当科幻片看的，多年以后，我却另有看法。伊万总希望能通过改变自己的过去，来造就自己满意的当下。但事实上，过去就是过去，牵一发而动全身。

男主角每次回到过去修改，都会导致一连串的时空扭曲，未来的发展跟着改变，失去控制。

《蝴蝶效应》故事的源头是，气象学家说南美洲的蝴蝶扇一下翅膀，因为种种关联，就可能引起美国得克萨斯州的一场龙卷风。

这个说法本身在气候学科研究里，是不大被承认的。蝴蝶扇动翅膀引起风暴的概率极小，要受很多因素影响。

但人生正是由一个一个的转折所造就的。人不能跟昆虫、机械比，人一旦开窍，汲取知识和智慧，勇猛精进，便会产生不可思议的结果。就像普通师范大学毕业的马云，奔波推销网络黄页的时候，不可能预估到他今天在中国互联网界的位置。

我们在这世上，选择什么就成为什么。人被塑造，也自我塑造。做过的事情、涌出的念头，构成了此时此刻的我们，再走向下一步。

十年前，我是一个怀有好奇心的人，也是一个想要摆脱既定生活的人。

我放弃了通过父亲找关系得来的工作，没有去枯燥的单位上班；我放弃了一个网站大佬的邀请，去了心理学杂志社，想搞清楚心中的各种困惑。我很早就买房，然后又放弃工作，选择自由职业。

就这样，我一步一步变成了现在的我。

如果当初我拒绝深夜值班接热线电话，或许我就会一直埋头编辑稿子，沉浸于写作当中，不怎么跟外界进行沟通。而现在，很可能我会在一场又一场的讲座之后，成为一个演讲达人。

写作带给我宁静、自省与沉思，而讲座，让我在很多次面对面的交流中，遇到很多有趣的细节，甚至与听众碰撞出很多奇妙的思想火花。我得以验证思索结果，修正观点，继续累积阅历。

人本身才是最宝贵的资源。人生可以规划，并且要努力，但不该死板僵硬地去执行，也不要拒绝尝试改变。遭遇失败，要能反思，然后站起来。最终，我们都会走完自己的一生。

如今我很明确自己要什么，并且会朝着那个方向坚定地走下去。如果沿途还有惊喜和改变，我也会凝视它、思考它、审视它、选择它。

荣耀声名、经济回报，都是附属品，辅助我们获得更多的人生自由和内心满足。

对此，我深信不疑。

闹 市 闲 民

汪曾祺

我每天在西四倒 101 路公共汽车回甘家口，直对 101 站牌有一户人家，一间屋，一个老人。天天见面，很熟了。有时车老不来，老人就搬出一个马扎儿来：“车还得等会子，坐会儿。”

屋里陈设非常简单（除了大冬天，他的门总是开着），一张小方桌、一个方杌凳、三个马扎儿、一张床，一目了然。

老人七十八岁了，看起来顶多七十岁，气色很好。他经常戴一副老式圆镜片的浅茶晶的养目镜——这副眼镜大概是他身上唯一值钱的东西。他眼睛很大，没有一点儿混浊，眼角有深深的鱼尾纹，跟人说话时总带着一点儿笑意，眼神如一个天真的孩子。上唇留了一撮疏疏的胡子，花白了。他的人中很长，唇髭不短，但是遮不住他微厚而柔软的下唇——相书上说人中长者多长寿，信然。他的头发也花白了，向后梳得很整齐。他常年穿一套很宽大的蓝制服，天凉时套一件黑色粗毛线的很长的背心；圆口布鞋，草绿色线袜。

从攀谈中我大概知道了他的身世。他原来在一个中学当工友，早就退休了。他有家，有老伴。儿子在石景山钢铁厂当车间主任，孙子已经上初中了，老伴跟儿子住。他不愿跟他们一起过，说是“乱”，他愿意一个人。他的女儿出嫁了，外孙也大了。儿子有时进城办事，来看看他，给他带两包点心，说会子话。儿媳妇、女儿隔几个月给他拆洗拆洗被褥。平常，他和亲属很少来往。

他的生活非常简单。早起扫扫地，扫他那间小屋，扫门前的人行道。一天三顿饭，早点是干馒头就咸菜喝白开水，中午、晚上吃面。一年三百六十五天，天天如此。他不上粮店买切面，自已做。抻条或是拨鱼儿。他的拨鱼儿真是一绝。小锅里坐上水，用一根削细了的筷子把稀面顺着碗口“赶”进锅里。他拨的鱼儿不断，一碗拨鱼儿是一根，而且粗细如一。我为看他拨鱼儿，宁可误一趟车。我跟他说：“你这拨鱼儿真是个手艺！”他说：“没什么，早一点儿把面和上，多搅搅。”我学着他的法子回家拨鱼儿，结果成了一锅面糊糊疙瘩汤。他吃的面总是一个味儿！浇炸酱、黄酱，很少一点儿肉末。黄瓜丝、小萝卜，一概不要，白菜下来时，切几丝白菜，这就是“菜码儿”。他饭量不小，一顿半斤面。吃完面，喝一碗面汤（他不大喝水），刷刷碗，坐在门前的马扎儿上，抱着膝盖看街。

我有时买点儿新鲜菜蔬，青蛤、海蛎子、鳝鱼、冬笋、木耳菜，他总要过来看看：“这是什么？”我告诉他是什么，他摇摇头说：“没吃过，南方人会吃。”他是不会想到吃这样的东西的。

他不种花，不养鸟，也很少遛弯儿。他的活动范围很小，除了上粮店买面，上副食店买酱，很少出门。

他一生经历了很多大事。敌伪时期、解放军进城、开国大典……

然而这些都与他无关，没有在他身上留下多少痕迹。他每天还是吃炸酱面——只要粮店还有白面卖，且粮价长期稳定——坐在门口马扎儿上看街。

他平平静静，没有大喜大忧，没有烦恼，无欲望亦无追求，天然恬淡，每天只是吃抻条面、拨鱼儿，抱膝闲看，带着笑意，用孩子一样天真的眼睛。

这是一个活庄子。

选择的自由一直在你手里

谭洪岗

法国微电影《镜子》，视角十分独特，用清晨浴室里的镜子，见证了男主角一生的经历。他每日对镜洗漱，抬头俯首间，从小男孩儿的纯真无邪，到青春期的满怀憧憬；热恋时，满心欢喜地将恋人的照片贴在镜子旁；成家后，在镜子前骄傲地举起可爱的小婴儿；人到中年，感情走到尽头，他烧毁昔日爱人的照片，一拳把镜子砸裂；时光如水，转眼他老了，佝偻、咳嗽着走出去，退场。

无须更多的故事情节，甚至无须人物的名字，5 分钟的片长，几个片段便道尽了男主角的一生，戛然而止，又回味悠长。即便你离衰老的年纪还远，一样能体会到片中那不动声色的沧桑感——光阴似箭，人真的仿佛弹指间就会老去。

那面镜子，静默无言地陪伴了男主角的一生，而生老病死、悲欢离合这些人生境遇，是每个人必经的。始终不变的同一面镜子，映照出身体与情感的变化无常。恒常与变化，在同样的浴室场景里反复出现，极具张力。明白在处境、心情的变化无常中，始终有不变的东西在，便足以在世事的风云变幻中，拥有心灵的平静。

平日，我们容易只关注事物的变化，并且想要抓住那些美好的改变，抵制那些不想要的变化。于是一边慨叹世事无常、人心易变，一边努力打造合乎心意的长久安稳的处境与关系，但这往往以失望告终。有人感叹，人生好似冥冥中被看不见的命运之手推着走，控制不了什么、主宰不了什么。也有人质疑：若生生世世都只是懵懵懂懂地来，浑浑噩噩、不明所以地走过一生，最终身不由己、不甘心却又百般无奈地离开，那人生的意义何在？

为了对抗无意义感、无力感，我们做了各式各样的尝试：为生活赋予自己认同的意义，按自己的方式去度过此生，尽力在世界上找到能长久甚至永恒存在的事物或理念，设法把原本易变的东西变得永恒……细看下来，在觉得生活与世界充满缺憾的同时，我们想要找到永恒和完美的那份愿望，倒是长存不变的。

愿望本身，如同一个召唤，召唤我们去寻找真正的出口。只向外看时，大环境的变化、他人的态度、自己的经历，确实好像都易变而不可控。直到你开始向内观照，才会意识到真正的，也是最简单的出路，原来在这里。试图改变世界、改变他人的确困难重重，除非你先成为想要带给世界改变的那个元素——想要生活中有更多和谐，你先要内心和谐；想要关系更加安稳，你先要内心安定。当你安定下来，身边环境、他人的变化，会自然而然地发生。若你心里充满不安和畏惧，很难靠别人来获得平静。

向内看时，每个人的内心，原本都有明镜一般的智慧——可以像镜子一样，清楚地映照出情绪的升起、变化、消失，各种想法的来来去去，言谈举止在情绪、观念的驱动下的显现。这明镜之心，可以表现为对自己想要什么、正在做什么有一份觉察。读过一段真实的故事，一个在暴力家庭中挨打长大的小男孩儿，10 来岁就对自己发誓，长大了绝不像爸爸那样脾气暴躁，要友善待人。14 岁时，他 5 岁的妹妹玩耍时摔倒，还磕伤出了血，小男孩儿的第一反应是想冲着妹妹怒吼：你怎么搞的？居然把自己弄伤了！好在片刻间他就感觉到自己的不对：我几年前就发过誓长大了不要像爸爸那样，可刚才我想冲妹妹吼叫，这是爸爸一向对待我的方式！他记起了自己真正的心愿，便友善地过去扶起了小妹妹。有明镜一般的觉察观照时，更容易表里如一，与真实的自己、真实的意愿一致，而不再内耗。

那明镜一般的心灵力量始终存在，而我们常常忽略、很少动用。失掉了明镜一般的观照觉察，你便容易沿着从小形成的无意识习惯、无意识观念往下走，用旧日的惯性视角去评断周边的环境和人，把累积的情绪、观念投射在他人与外部环境上，再跟随旧习惯去对自己的看法做出反应……在迷茫中不明白为什么许多努力没有回报、不被欣赏，不愉快的互动模式一再发生，仿佛被什么力量追逼着、压迫着无法安宁。你若忘记每一步自己都在无意中做了选择，并非被迫参与演出，就容易叹息世态的炎凉，怨责他人的反复无常、不可信任。然而，向内看，找回明镜一般的心智，就会知道，选择的自由，一直在你的手里。

浴室里的镜子可以打碎，内心拥有的明镜却始终如是，不受任何损伤。它像是所有声音背后宁静的背景，你可以为各种噪音所烦扰，也可以只是专注于那无边无际的宁静的背景，让当下安定下来。

在这份安定与宁静中，你容易听到自己真正的心声，也容易安心自在地去与每个人相处，去对待每一件事，也会把你的安详平和，带入你所在的世界。

沿着最初的理想走下去

沈杰群

电影《10件或更少》中，女主人公是一位年轻貌美、聪慧能干的西班牙女郎，但与她终日相伴的是一家郊区小超市的“10件以下商品收银台”——她深深厌恶着那机械而繁重的工作以及自己无比失败的婚姻。后来某天一位老牌演员忽然闯入女主人公的生活，并同行整日，以其豁达的性情与深厚的阅历为这个25岁的女孩儿一洗心头蒙尘，让她看见其实自己的生活并没那么糟糕。

整部电影基调温柔、文艺，且抛出一个相当有趣的数字游戏：说出10件以下你喜欢或讨厌的事情。影片告诉你，真正活得积极有味的灵魂，喜欢的事情会远远多于10件。

寻常的市井生活中，如片中老演员那般“乐活”的姿态实属少见，多的是女主人公这样平凡奋斗的年轻人群。在纷扰的都市里为未来拼搏的日子，毋庸置疑要和无尽的辛劳与烦忧形影相伴：疲于奔命、薪水不高、压力过大、工作单调、闲暇稀少……努力不去抱怨已属高度乐观，强颜欢笑，从少有的闲适感里挖出 10 件喜欢之事显然过于梦幻。

令我们真正在意的事不多，或许比 10 件更少。我觉得对于在大都市闯荡打拼的年轻人而言，生活的天平其实并不需要那么多砝码，即使此刻你手里仅简简单单攥着一两个前行的理由，维系心灵的平衡和有序才是你应当在意的事情。无论何时何地，同自己的心和平相处，比什么都重要。

朋友圈里有不少刚离开大学校园，投身社会一年半载的职场新鲜人，与他们交流的若干片段剪辑在一起，完全是一部反映青年心态的纪录片。一个经典的情节便是，职场新人频频换工作，而其中心境平和者屈指可数。“没意思”“不耐烦”是常见的理由，不少人的状态全然表现为一种持续奔波的茫然，他们对自己的每一任东家都心存不满，抱怨职业与个人志趣不合，或者自怜明珠暗投，被烦琐杂事消耗青春，或者全程一无所获，技能未得到明显的提升……打游击式地换一大圈工作，消极状态却一如从前。这一类职场新人起步时喜好不明，却格外看重自己每一步前行会有什么收获，时时计算一份工作给予内心满足感的砝码分量，可谓“步步惊心”。然而反复计较砝码的得失，却不知回头审视和调整内心天平的平衡，竟导致年纪轻轻就暮气沉沉，聊起工作便如怨妇。

想说说与众不同的一个。朋友 J 小姐自中学起便有志于媒体，高三时当其他人抱着数理化题库和高考作文指南按部就班备考时，她“不务正业”地挤出闲暇阅读报刊上的优质新闻报道。上大学时担任校刊主编，在宿舍通宵达旦地写稿排版，假期通通用于去各大社会媒体实习。毕业后新闻系的同学都一窝蜂拥向政府和外企，她上海的家人也托人给她安排妥了舒适稳定的工作，男友留校读研，她却执拗地一人拖着行李箱一路北上——那家知名媒体仅提供实习机会，并没有承诺会录取，“我就是喜欢做新闻，活这么多年唯有这件事带给我快乐”。背对着千里之外家人忧心忡忡的目光，J小姐白日里在偌大的北京城为了找新闻四处奔波，晚上回到“蜗居”的出租房还要对付永远堵塞的下水管道，施展不太娴熟的厨艺准备隔日餐食。

大学班级微信群里渐渐涌现出各种晒优越感的签约消息，也有人褒贬不明地嘀咕一句：瞧，咱们班也就北漂的那位同学还有新闻理想呢。J小姐淡淡一笑，打开文档继续编辑采访稿。那家知名媒体最终破格录用了她。还记得她签三方协议后和我说，最喜欢杨德昌导演的《一一》，因为拍得透彻、明亮。人不可能看到生活的每一面，所以为了避免患得患失，遵从内心的喜好去选择总是没错的，心安为上。

这是几年前的事了。最近一次联系J小姐，她居然人在香港，听筒中依稀可辨四周熙熙攘攘的市井声，没想到她跑去了更远的异乡追随梦想的感召。听到故人问候，J小姐语气里满是激动，吐了一串“好开心”。聊起前程，压力大，异地恋，但暂时不打算回来。“沿着最初的理想走下去，生活的确更累了，不过精神也更安定了。”时光轻飘飘地溜走好些年，J小姐生活的天平上始终只有两个砝码——喜欢、理想，可就是这两个少得可怜的抽象理由，让她的心灵世界运转得井然有序，她不汲汲于眼前得失，活得骄傲、平和而自在。

说起工作，许多青年将其理解为选择的问题。的确，如今职业选择的范围和自由度都变大了，在一处干得不如意还有若干出口和门路。但这不应成为青年逃避矛盾的万能借口，丰富的选择是为了让每个人更明晰内心真实的喜爱和在乎的人生志向，收获属于自己的生活平衡。

生活不如意事常八九，而人心自有平衡的法则。J小姐执着地追随初心，安然迎接每一场征程赋予的阳光或风雪，然后更加热情有力地拥抱命运在下一个路口的安排。电影《10 件或更少》中，老演员教导西班牙女孩儿，要不顾一切争取、抓紧自己在意的任何人生砝码——比如果断甩掉沉闷的小超市工作，去建筑公司面试——但更关键的一点是，无论故事结尾时何种选择降临，你都要学会乐在其中，享受轻重疾徐的步调，不去抱怨。这，就是我们心灵平衡的要义。

人心当有平衡的法则，让生活不纠结，世道再难，也能呼吸顺畅。

赤 子 心

〔新加坡〕尤今

查劳立宽敞整洁的办事处，坐落于曼谷繁忙的商业中心。

我们一家子依约于晚上八时到达那儿，接待处那名肤色黝黑的中年人立刻站了起来，说：“你们是从新加坡来的吧？”我们点头称是。

“我去通知查劳立先生。”

通报员进去后不久，手杖触地而发出的清晰声响便由远而近地传来……查劳立出来了。非常和蔼可亲的一张脸，特征是圆：脸圆、眼圆、下巴圆，连那鼻头竟也是圆的。灰白色的头发，顽皮地在头顶鬈来鬈去，好似一个个张开口笑着的小精灵。

“嗨，嗨，嗨！”

他亲切地和每一个人打过招呼后，抱歉地说：“对不起，我还有一些工作要处理，请再给我十分钟，可以吗？”

“当然可以啦！”我们异口同声地回应。

十分钟后，他出来，司机把车子开过来，他和我们一起出去用晚餐。

查劳立在与日胜（尤今的老公）分别十多年后，两个人奇迹般地在曼谷重逢。

二十年前，查劳立是泰国政府部门里一名担任要职的工程师，后被派遣到澳洲接受为期三年的在职培训，日胜那时和他是同事。大家同是亚洲人，谈起话来分外亲切、投机。日胜当时还是“王老五”，查劳立常常邀请日胜去他家，品尝他妻子拿手的泰国酸辣汤。三年后，查劳立受训完毕返回泰国，日胜继续留在澳洲。

去年，日胜到曼谷开会，觉得参加会议的某个人很面熟，交换名片时，两个人都不约而同地喊了起来：“啊，是你！”

二十年前的旧相识，重逢时，居然“见面不相识”！两个人促膝长谈时，都有无限感慨。

这一回，我们一家子到泰国度假，日胜托查劳立在曼谷代我们订旅馆。

“我在新加坡有一位朋友，每天工作十二个小时，我们称他为工作狂。”我半开玩笑地对他说，“你大概也和他一样吧？”

“十二个小时？”他侧头想了想，猛然摇头应道，“不不不，我和他是不一样的，我每天至少工作十七个小时。”

我们都笑了起来。他一本正经地说：“嘿，你们别以为我在开玩笑，是真的呀！”

十年前，查劳立离开政府部门，自行创业。十年的辛勤耕耘，使他的机构成为目前曼谷首屈一指的工程咨询公司，员工已有两百余人。

在谈及这些年的奋斗与成就时，出乎我意料，他的语调并不是充满了兴奋与自豪，反之，他声音疲惫地说：“现在，我公司的合约源源而来，我的工程遍布世界各地。许多人都认为我可以坐享其成了，可是，我挣扎得比任何时候都苦、都累。我挣扎，不是为了拓展业务，而是为了平衡开支。你们想想，两百多名员工的生计掌握在我手中，我能不小心经营吗？”

家家有本难念的经，屈居下位的人，为了力争上游而拼命挣扎；在事业上拥有了一个小王国的人，却也为了支撑他的王国而苦苦挣扎。“物竞天择，适者生存”，原是千古不易的真理啊！

由于曼谷的交通非常拥堵，我们到达餐馆时，已近九点。

车子停在餐馆门口。查劳立开了车门，手杖先着地，然后，把身体的重量一点一点地放到手杖上，再慢慢地用手杖支撑自己站起来，一拐一拐地将我们引入餐馆去。

“查劳立是怎么变成瘸子的呢？”我悄悄问日胜。

“还不是为了工作！”日胜压低嗓音答道，“到工地去视察工程进度时，从铁架上跌了下来。”

我微微叹了一口气。生活富裕的查劳立，人生道路并不是铺满了馨香的玫瑰花。

查劳立在御膳房餐馆里订了一个包厢。此刻，包厢里坐了两个女孩儿，都是笑眯眯的。一见到我们，她们便站了起来，极有礼貌地喊道：“叔叔，阿姨。”

她们是查劳立的两个女儿，长女念大学，次女念中学。

“我还有一个女儿在家里。”查劳立毫不隐瞒地说，“她五岁时患脑膜炎，损坏了脑子，成了智障儿童。”

我不敢搭腔，生怕语调里泄露出太多他所不需要的同情。

于是我问她们：“为什么妈妈不一起来呀？”

大女孩儿的回答，吓了我一大跳：“母亲在半年前去世了。”

查劳立接腔道："患胃癌去世的。"

才四十多岁的男人，居然已经失去了相濡以沫的人生伴侣！我将目光移到别的地方去，不敢看他的脸。

他坐了下来，竟又重拾刚才的话题。"当时，我用尽所有的办法，想延长她的生命，然而最后还是斗不过那可恶的癌症。"

他语调淡然，似乎看不出曾经为此有过刻骨的悲痛。

"她的癌症发展到后期，扩散到肠部，痛不可当。她要求安乐死，我们的家庭医生也答应合作，但是，我怎么也无法让自己点头……"

听到这儿，我才听出了他语调里的悲意。

查劳立的人生道路，不但没有处处怒放饱含异香的玫瑰花，而且暗暗地长着不为人知的荆棘。

我无法掩饰的那一份苦涩的表情使他警觉地吞下了无意间流露出来的悲哀，他为自己的话做了一个总结："现在，如果有人问我，什么是人世间最为珍贵的？我会毫不犹豫地说，健康！"

稀松平常的几句话，对查劳立而言却是经历了一份痛彻心扉的死别，才了悟的。

饭后，查劳立约我们去他家喝咖啡。途中经过一个工地，查劳立对我们说："这里要建一座现代化的购物中心，我是这项工程的咨询顾问。"

他接着告诉我们，目前仅在曼谷一地由他担任顾问的工程，便多达十一个。

我惊叹："你哪来的精力应付啊！"

"我在每个工地都安置了一张吊床，每回视察过后，便小憩一阵子。我每天早上七点便到公司上班，一直到晚上十一时许才离开公司。如果白天不争取机会休息，恐怕真会支持不了。"

说到这儿，他的声音突然涌满了欢愉。“上天赐给我的最大本领是，不论何时何地，只要一合上双眼，便能呼呼入睡。就算有天大的事情，我也绝不让它压到心上来。次日太阳升起来时，才为明日事而忧！”

查劳立的人生哲学，和我的竟然不谋而合。我顿时觉得心灵和他很相近。

查劳立的家到了，是曼谷市郊的一所独立式洋房。一进大厅，我的孩子立刻乐开了怀。沙发旁的矮几上，一叠一叠的全是来自世界各国的漫画书；还有，靠墙的玻璃橱内，一排又一排的全是卡通片的录像带，数目和种类是那么多。我啧啧惊叹：“啊，漫画和卡通片，真是全世界小孩儿的恩物……”话还没说完，查劳立含笑打岔：“我的孩子对这些都没有兴趣，它们全部属于我这个老顽童！”

“你？”我惊奇地问道，“你那么忙，哪有时间看？”

“正因为我白天每时每刻都在忙，脑子难得休息，所以，我需要借助它们来放松。每回子夜返家，第一件事便是看一小时的卡通片，再读半小时漫画，大笑之后，酣睡到天明，上班时，身轻如燕哪！”

这时，他看到我家长子津津有味地读着“Archie”漫画系列，便凑过头去，和他热烈地讨论 Archie 的两位女朋友 Betty 和 Veronica 究竟哪一位比较可爱。

此刻，兴致勃勃地讨论着漫画人物的查劳立双眼发亮，神采飞扬。笑意由他的嘴角溢了出来，在他脸上恣意泛滥，他浑然忘我地投入了那个童稚的世界中。

这是一个懂得快乐哲学的人。他因意外而成瘸子、生下智障女儿、中年丧偶，种种刺激、种种打击，把他鬈鬈的头发染白了，但是他的内心，有一个非常晶莹的世界，这是一个忧伤进不去、痛苦摧残不了的世界。

铸造这世界的，是他那一颗不老的赤子心。

一 只 鸟

沈柯

窗外的树上有一只鸟。

我停下手上的工作，将目光凝聚在那只鸟身上。我猜那是一只乌鸦，它全身乌黑而有光泽，我仿佛还可以看到它那双明亮黝黑的眸子。是乌鸦吗？我只知道乌鸦才会长得这么黑却不显得丑陋。管他呢，它只是一只鸟。

我的目光，在这只鸟身上停留了许久。看得越久我越觉得它亲切。我熟悉它的身形，它的毛色，它的明亮黝黑的眸子。我是不是在哪里遇见过这只鸟？我记得，几年前，楼下确实经常飞来一些鸟，我还给它们拍过照片。它是其中的一只吗？远方的天空飞来一群麻雀，零零散散地落在了不远处的电线杆上。我能感觉到它们在叽叽喳喳地开着没有主题的会议。几乎每一天，我都能够看到一群麻雀从天空中飞过，或者悠闲地停落在人类活动的地界上。我从不特意去观察那群麻雀，因为在我生命中飞过的那些麻雀仿佛永远都是同一群麻雀，灰色、褐色、黑色、杂毛，飞着、叫着、生长着，永远都是这样，不曾改变过。我看不出我 5 岁那年看到的一群从电线杆上挥动翅膀飞向远方的麻雀和我现在看到的这群停留在电线杆上的麻雀有什么不一样。但事实上，多少万年以来，多少代麻雀像人类一样死亡、繁衍，又死亡，一代接一代。想来若麻雀也有思想，它看我们，必定和我们看它们无异。

想起小时候的某个傍晚，我和父亲走在家乡昏暗的街道上，头顶飞过一群麻雀，父亲吟起一首打油诗：

人站在地上
抬头望着天上的鸟
问道
鸟啊鸟
你在天上瞎飞瞎飞
做什么呢

鸟飞在天上
低头瞧着地上的人
问道
人啊人
你在地上瞎跑瞎跑
做什么呢

上帝看了
轻蔑地嘀咕

鸟啊，人啊

你们在那儿瞎想瞎想

是何苦呢

我无法知道父亲吟起这首打油诗时的心境，当时只觉得这么一首打油诗从一向严肃的父亲嘴中以方言说出来，别有一番趣味。现在突然想起十几年前的这首打油诗，竟然觉得其中蕴含了一个非常严肃而又说不清楚的问题。我们和麻雀生活在同一片天空下，却又生活在多么不同的两个世界中。我们不解麻雀几万年来在天空中飞来飞去永不停歇的宿命，麻雀想必也不会明白人类在地上四处奔波交付岁月的命运吧。难道正因为如此，我才会觉得多少年来仿佛是同一群麻雀在陪伴着我？我分不清它们大同小异的面孔，是因为它们同样无法区分我和路人甲的不同。我是路人乙，或者，我也是路人甲。鸟儿疑惑那个在地上瞎走瞎走的我，一如我看天空中瞎飞瞎飞的一群麻雀。我们都无法摆脱时间，跳出命运，我看麻雀如同麻雀看我。

我又将目光转移到了那只乌鸦——就当它是只乌鸦吧——身上。它还在原来的那根枝丫上，保持着原来的姿势，像尊雕像。我在我短暂的生命中遇到了它，它在它更短暂的生命中闯进了我的世界，但它浑然不觉。多年以后，我是否还能记得，在一个冬日的中午，我悄无声息地邂逅了一只乌鸦？如果我能够跳出我的躯体，以第三者的角度看到我和乌鸦的邂逅——这样的场景，是否会很有意思呢？我想不出词汇和语言去形容那种感觉，就像我可以像鸟一样在空中，然后看到在陌生的人流中穿行的自己，就和一只陌生的乌鸦没有区别。那种感觉肯定是奇妙的。

人的一生要遇到多少陌生的人和物？我时常感叹命运真是一个奇妙玄幻的东西。命运让我遇到了这个陌生人而不是那个陌生人，而我又恰好记住了某张陌生的面孔。这能算缘分吗？也许在某个时候，我脑海中还会一闪而过曾经在某个街头擦身而过的美丽女子，闪过一个曾经卖给我报纸的报刊亭主人，他们浑然不知他们就这样闯入了我的世界，并在我记忆深处占据了一席之地。我也会成为别人记忆中隐秘的一部分，因为我必定也会莫名地闯入一个陌生生命的世界，一个我从未谋面的人的世界。命运是多么隐秘和奇幻！它让无数生命无形中交织在一起，却让生命的所有者对此一无所知。一个远在大洋彼岸的白人小孩儿，永远不会知道，只因一个新闻画面，就足够让他在我脑海深处存活一辈子了。任何伟大的作家都无法诉说和表达这种命运的隐秘性，因为我们都纠缠在这种混乱却有条不紊的关系之中——隐秘而伟大。

那我到底是否曾经遇见过这只鸟呢？我觉得我肯定是见过它的，我觉得它是那么亲切。我在多年以后竟然和同一只鸟相遇？生活竟会如此有趣和充满巧合吗？

我记起以前小区里的一只猫。

我觉得那只猫会笑，因为我看到它慵懒的猫脸就不自觉联想到我以前的物理老师——太像了。我的那位物理老师和这只猫有什么联系吗？为何命运让他们在我的记忆中产生了如此大的交集？我长这么大也不过记住了那么几只猫，它是其中一只。它是幸运的，作为一只流浪猫，它在我的记忆中永久地存活下来。但我记住这只猫，难道不是因为它独特的长相和那个物理老师惊人地相似吗？但它不会认识我的那位物理老师，它只能认得我，倘若它能够像我们这样记忆和思考的话。谁让我那么多次俯身去触摸它臃肿的身体呢？我摸着流浪猫的脑袋，想的却是我的那位物理老师。

枝丫猛烈地摇晃起来，那只乌鸦厌倦了原有的姿势，起身飞走了，飞到我看不见的远方。它就这样离开了，自始至终不知道它竟长久地成为一个人眼中的风景。它沉醉于自己眼中的风景，殊不知自己成了我眼中的风景。那首《断章》是怎么写的？“明月装饰了你的窗子，你装饰了别人的梦。”这是我最钦佩和喜爱的新诗。分歧、联系、矛盾、悲哀，还有无尽的未知与永恒。我觉得诗中表达的就是命运——感叹时间和空间给人的局限和无奈。仔细思忖，我们拥有的竟然是如此混乱不堪、令人费解的命运。它存在那么多不确定性，冥冥中却又像是早就已经安排好的存在。

多年前父亲打趣说：“上帝说，人啊、鸟啊，瞎想什么呢？”难道当时年近不惑的他已经感受到这种命运的关联和矛盾了？几句诙谐的打油诗，感慨的又何尝不是阅世渐深后惊觉的无奈呢？可惜我当年太小，模仿着父亲，操一口方言念叨着那几句诗，只觉得有趣，而已。

那群麻雀飞走了，窗外变得空旷。何时我能够再次遇见这群麻雀呢？或许，再也遇不到了。

或许，它们多少年来，就从未离开过。

清白家风

子沫

前段时间，重读寿岳章子的京都系列之一《千年繁华》。一个日本的女教授，从出生到去世，一直生活在京都古城，写这本书时，她住在父母留下的一栋老房子里已五十四年了。这本书里她回忆自己在京都生活的点点滴滴。我喜欢这本书，很大程度上是被她的家风和家教所打动。

她说，她的双亲并非生性奢华，但对饮食非常讲究。如何吃表现出寿岳家的生活精神。

她家的六席榻榻米中间摆了一张矮桌，是家里的一种精神象征。无论是吃饭还是喝茶，全家人都会聚拢在这张餐桌周围，开心地谈天说地。

“家里很多年一直用火盆，生火是父亲的拿手绝活，将前一天晚上埋入灰烬里的火种稍微翻弄一下，添少许木炭，黑炭会慢慢烧红，热水壶也跟着发出响声。孩子们围绕在母亲身边，烤面包、年糕、鱼干，也常常烤海苔。一有香味飘出，父亲就会从书房走出来，说：‘煮了什么东西？算我一份吧。’”这样的场景真是令人神往。

她说起一道母亲常做的料理“山药泥”，这个段落我看了几遍。“母亲去世后，我动手做过两三回，每次我总是边做边流泪。从前这可是一道充满欢乐的料理。山药放在大研钵里研磨一两千下，再加入高汤，从这一步骤开始就是全家总动员。四个人都到厨房集合，研钵放在厨房地板上，我或弟弟负责扶稳研钵，母亲一点一点将一大早就熬好的汤，沿着钵体的边缘缓缓加入。使用大量昆布和柴鱼煮出来的高汤比清汤味道浓些。如果一开始全部倒入，山药泥和高汤的美味无法自然调和在一起。将高汤缓缓倒入研钵后，听到父亲指示，再打一个蛋到研钵里。使用研磨棒时不可以粗鲁地碰撞到研钵的边缘或底部，正确的力道是让棒轻轻游走在山药泥间。这道料理是父亲的祖传绝活，制作工序相当复杂。”做好后，在每个人的白米饭里浇上山药泥，一家人一起品尝，胃口大开，欢声笑语。

这个过程，怎么看都像是一种神圣的仪式。父母能够给孩子留下什么？很多年后，能够留下的只是某种对事对物的珍重和珍惜。我们在丢失什么？情怀，耐心，还有对万事万物的敬畏。

“关于要不要在家吃饭这件事，如果说好要在家吃饭，就绝对要遵守约定，这在我们家可是铁的纪律。有一次母亲发了很大脾气，就是因为父亲不回家吃饭又没打招呼。母亲说：‘从结婚那天开始，我跟你父亲一起生活的时日就一天天减少，所以每一天都是非常珍贵的。正因为如此，我才想和心爱的人多点儿时间一起用餐，但是他却不明白我的心意，所以，我才会这么生气。’”这句话让章子记忆深刻，也让我震惊。家也是要有纪律的，每个家都要有精神，不管别人怎么变，我们家仍然在坚持属于我们的纪律。

寿岳家的餐桌就像是心灵交流的场所。

每个季节都有佳肴，初夏时节，白萝卜的细嫩叶子铺满白米饭，初秋时在细姜丝上淋麻油。四季流转，情怀分明在餐桌间细细流淌。

还有一些被人忽略的细节，而这些细节也是真正的教养所在。

有一个削苹果的细节。“母亲要求削苹果时手不能碰果肉。先切成两半，果蒂切成小三角形，切半的水果再对切，即可去皮，将切成四分之一大小的水果端出。手碰到果肉，就犯了母亲的大忌。现在，每当我看到别人切水果，就会用不怀好意的眼神观察。”只是一个削苹果的细节，就能观察出一个人的教养。就像我看到有的女人把“不抖腿”列入了孩子的家教——一个人，最容易引起别人反感的也是一些细节吧。一个人成不成功并不重要，重要的是不要成为令人讨厌的人。

“每天使用的抹布一定要煮沸消毒好几次。厨房要彻底打扫干净。洗菜和洗碗的地方不可混用。钱不可以直接放在餐桌上。”他们家还有很多诸如此类的生活纪律。“若非长途旅行，绝不会在电车上吃东西，那样不仅吃相难看，最重要的是非常不卫生。现在年轻妈妈们太漫不经心了。出租车司机说小孩儿把冰激凌、巧克力弄得到处都是；餐厅里小孩儿胡乱碰盘子，玩弄食物，没有一点儿用餐的卫生观念——这是我母亲最不喜欢看到的。对于用餐这件事，应该专注且全心全意，绝对遵守餐桌礼仪。”这才是家风，从小就被要求做到，长大后就成了自然而然的事。餐桌礼仪就是一种家教，只不过被太多人忽略了。

“我们常外出踏青，母亲带出来的爱心便当，特别装在糖果盒里，是撒上黑芝麻的饭团。多层餐盒里则是竹笋、水煮蛋，木盒有沉香味。我们从不跑太远去旅行，顶多是回父亲的故乡。旅行的大半乐趣来自母亲亲手做的饭团便当。”这样有爱心便当的旅行，让孩子们明白了家的乐趣，而不是有钱的乐趣。

还有一个关于全家大扫除的情景让我记忆深刻。“一家人的大扫除可说是精彩万分。父亲带头，上半身披上一条大浴巾，下半身是一条短衬裤，威风凛凛地出场。用旧棉布制作掸子，用旧毛巾缝制抹布，毛巾折三折，大针脚缝合起来。我目前积存了两百条亲手做的抹布，除了一般湿抹布外，还有好几条干用抹布，擦走廊的，擦桌子、橱柜的，分门别类到有点儿复杂的程度。”连抹布都亲手制作，都能留有回忆。一家人齐齐动手去做一件事，这样的事在某种程度上已成了一个家庭事件。

我记得章子提到这样一个场景。“春天的时候，母亲开始在院子里晒布，缝衣。我也永远忘不了母亲在茶室中，面向南面窗户缝制和服的背影。同样的背影也会出现在书房，她在书房中做翻译或替父亲的诗集上色。总之，我家的家风就是勤奋、认真地生活。”

勤奋、认真不是过时的词，它才是最好的清白家风。这种家风才是孩子们最重要的成长养料。

飘着细雨的夏夜，这个世代住在古城里的人家深深地打动了我。他们只是普通人。

描花的日子

张炜

这里一年四季都有让人高兴的事儿。春天花多鸟多蝴蝶多，特别是满海滩的洋槐花，密得像小山。夏天去海里游泳，进河逮鱼。秋天各种果子都熟了，园艺场里看果子的人和我们结了仇，是最有意思的日子。冬天冷死了，滴水成冰，大雪一下三天三夜，所有的路都封了。

出不了门，一家人要围在一起.

母亲和外祖母要描花了。她们每年都在这个季节里做这个，这肯定是她们最高兴的时候。我发现父亲也很高兴，他让她们安心描花，余下的事情自己全包揽下来。平时这些事他是不做的，比如喂鸡等。他招呼我带上镐头和铁锹去屋后，费力地刨开冻土，挖出一些黑乎乎的木炭——这是春夏准备好的，只为了这个冬天。

父亲点好炭盆，又将一张白木桌搬到暖烘烘的炕上。猫在角落里睡了香甜的一觉，开始了没完没了的思考。外面天寒地冻，屋里这么暖和。这本身就是让人高兴、幸福的事。

母亲和外祖母准备做她们最愿做的事：描花。她们从柜子里找出几张雪白的宣纸，又将五颜六色的墨搬出来。我和父亲站在一边，插不上手。过了一会儿，母亲让我研墨。这墨散发出一种奇怪的香气

外祖母把纸铺在木桌上，纸下还垫了一块旧毯子。她先在上面描出一截弯曲的、粗糙的树枝，然后就笑吟吟地看着母亲。母亲蘸了红颜色的墨，在枯枝上画出一朵朵梅花。父亲说："好。"

母亲鼓励父亲画画看，父亲就画出了黑色的、长长的叶子，像韭菜或马兰草的叶片。外祖母过来端详了一会儿，说："不像，不过起手这样也算不错了。"她接过父亲的笔，只几下就画出了一蓬叶子，又在中间用淡墨添上几簇花苞——我也看出来了，是兰草。我真佩服外祖母。

我也想画，不过不画草和花，那太难了。我画猫。猫脸并不难画，圆脸，两只耳朵，两撇胡子。可是我和父亲一样笨，也画得不像。父亲说："这可能是女人干的活儿。"

整整一天，母亲和外祖母都在画。她们除了画梅花和兰草，还画了竹子。父亲一边看一边评论，把他认为最好的挑出来。他说："这是你外祖父在世时教她们的，他不喜欢她俩出门，就说在屋里画画吧。可惜如今太忙了……我每年都备下最好的柳木炭。"

猫一直没有挪窝，它思考了一会儿，便站起来研究这些画了。它在每一张画前都看了看，打了个哈欠。可惜它趁我们不注意的时候踩到了红颜色的墨上，然后又踩到了纸上。父亲赶紧把它抱开，但已经晚了，纸上还是留下了一个个红色的爪印。父亲心疼那张纸，不停地叹气。

外祖母看了一会儿红色爪印，突然拿起笔，在一旁画起了树枝。母亲

把爪印稍稍描了描，又添上几朵，一大幅梅花竟然成了！我高兴极了，我和父亲都没想到这一点：有着五瓣的红色猫爪印本来就像梅花嘛！

就这样，猫和母亲、外祖母一起，画了一幅最好的梅花。

淡定从容过一生

从前的日色变得慢，车，马，
邮件都慢，一生只够爱一个人。

一棵风中的树

王芳

一

上元节一过，春节也就过去了，一切热闹绚烂皆归于平静。

我没有想到，正月十六晚上按响门铃的，会是琛。以她往年行事之风，无论如何也会赶在春节前来看我，最迟也不会超过上元节。

这一次，琛的身边多了一个男孩儿，高大，文气，笑容温暖。琛一进屋便说，其实应该早来的，可是村镇的工作变数太多，常常令人措手不及，一拖，竟迟了。

琛还是老样子，短发、微胖，弯月一样的眼睛，很亮，穿列宁装外套，用宽屏手机。只是，她的笑容里，明显少了阴霾，多了明丽。她在沙发上坐定，和我聊天。

琛今年二十六岁，北京大学哲学系硕士研究生毕业，从未名湖畔博雅塔下，来到田间地头烈日狂风之中；从繁华的北京，来到广阔肥沃的黄土地上；从一群意气风发要在世界闯出一番天地的青年里，走到埋头苦干挥汗如雨的农民中间，琛要经历多少犹豫、徘徊？脱离自己擅长的学术，做一些实事，又要有多大的勇气！身为优秀本科毕业生的她，同时获得北京大学、清华大学和人民大学研究生保送资格，研究生毕业后，又被北京一所高校录用，每一个认识她的人都没想到，最终她会选择回到家乡，到她并不熟悉的农民中间，做一个大学生村干部！

二

我不禁回想起这许多年陪她一起走过的岁月。

琛读小学四年级时，我正读大学，迫于生计，我利用周末去市里做家教。琛的母亲说，无论如何，请你挤出时间来，教教我的琛。

若干年后，我依然清晰地记得我当时的惊讶与不安。因为琛的聪敏远近闻名，而她母亲把全部的精力都放在培养女儿上，这已经成为众所周知的事。我尚未有过教学实践，要我教她，实在是一件极冒险的事，不知这位母亲何以相中我，又何以在长达十七年的交往中，一直对我抱有极大的信任。

第一次去她家，她母亲准备了整整一果盘的糖果，花花绿绿的糖纸令人目眩神迷。我竟然一边看她的作文，一边吃着软糖，吃了近一半，剥了一桌的糖纸！

她回来看到那些糖纸做何感想我不得而知，但她推开门进来的模样我至今依然记得。风，随着她推开的门进来，将她包裹住。她比同年龄的女孩儿明显要高些，也壮实些，穿着厚厚的长袄，短发，朝我微微笑了下，问她母亲“是您说的王老师吗”。她母亲在厨房里回答“是的”。我站起来朝她微笑，她也微笑着叫道“王老师好”。我说“你好，我看了你所有的作文”。她很惊讶地看着桌子，桌子上有她的作文本和一大堆糖纸。

我们长达十七年的交往从此拉开了序幕。

因为是市里最好小学的大队长，她经常在各种场合发言，几乎所有的发言稿，她都会请我过目。有时为了一两个词语，有时为了稿子更富文采，她都会反复征求我的意见。渐渐地，她的演讲口才受到了老师的重视，她代表学校参加各种级别的演讲赛、作文大赛，捧回各种奖杯。而她的成绩居然并未受此影响，依然名列前茅。

除了我，所有人都只看到她的光鲜、优秀，而没有感受到她的隐痛。她并不能集中精力做事，给她上课，她总是一会儿喝茶，一会儿上厕所，一会儿吃零食，一会儿又干别的。每一篇要求完成的作品，都是在最后时刻赶着完成，完成后她也不喜欢精益求精，而是丢给我去斟酌。更要命的是，她与她母亲的冲突非常激烈——知女莫若母，这些缺点，怎么会是母亲愿意看到的呢？

北京申奥成功的时刻，我就与她在一起。不过那时，她已经是初中生了。其间，我们失去联系一年，她母亲辗转许多人才找到我。再次见到我，她兴奋不已，拖着我看申奥，当国歌奏响，五星红旗升起时，她在荧幕前站得笔直，跟着高唱国歌。那时我便隐隐感觉到，虽然一直处在叛逆浮躁的状态中，但某些骨子里的东西决定她最终将走向她该走的路。至于这条路到底是什么，以我的见识，尚难以设想。

有一段时间，她几乎不能与她母亲相见，一见面就是母亲指责她，她反抗，严重的时候两人像两只斗鸡，竖起每一根毛紧盯对方，一分不肯相让。有一次，她母亲要求她在家将即将参加比赛的演讲示范一遍，她示范时出现了小的错误，神态也显得不屑一顾，母亲对此忍无可忍，拿着荆条来抽她，她顺手抄起一把椅子就扔向她的母亲，幸亏我及时接住。

三

如此步履维艰地又走过许多时光，直到她进入大学。她母亲常说，大浪淘沙，留在河床里的是金子。本科与读研的七年，她依然坚持她的特长——演讲和写作，只是身上的浮躁之气已经渐渐褪尽。我每见她一次，都能从她眼神里明显感受到她的成长。比如，她的稿子渐渐也可以不需要我的修改便直接拿上台去，并赢得满堂喝彩：她对待母亲，不再事事反对，多半时候是体贴与理解；她喜欢看的书渐渐趋向于社会科学，而她做的社会调查也越来越关注当下普通人的生存状态。

尽管如此，还是没有人会想到，一个如此优秀的女孩儿会甘心回到家乡的农村做一名村干部。她母亲倒是坦然——相比那些人人都争着抢着去的地方，我更愿意她回到土地上，扎根于土地深处。这样，正好可以去除知识分子的孤高自许，培养起对土地的热爱，要知道，土地才是我们真正的根。

她这一去就是将近三年。有好几次，我与她相聚，说话到晚上十点，还有村人打电话来。她电话一接就至少半个小时，与乡人说话非常和气、耐心，直到完全解除对方的疑惑为止。要不是她眉宇间的那股英气和她在大众场合说话时脱不掉的书卷味，谁也不能把她与一个北京大学哲学系的研究生联系起来。

她的微信背景用的是去年抗旱时穿的一双沾满泥的雨靴的照片，因为要深入大地深处才知道大地的苦难。那天，她冒着烈日走了二十多里路，全是晒得开裂的田地，偶尔还有湿处，便沾了泥；而她的微信图标，用的则是她伸出去要抓住蓝天的双手的照片，这双手还是那么白皙，是她最美的青春标志。

我问琛“在边远的乡村，根本用不上你读研时的知识，你后悔吗”。

她笑了。“没有一样知识，是表面上用得上的，但是，没有那些知识，我做不到今天的笃定。就像风每天摇撼着树，表面上看去，树应该很快被摇光了叶子，甚至倒下，但树不是花，它有伸入土地深处的根，给它输送着令它稳固的养分。”

那个男孩儿也笑了。“因为她是树，风吹不走她，所以她闯进了我的视野。”

我们习惯把女孩儿称作花，美丽、芬芳，却脆弱，一夜风雨，便可使其凋落成泥。为什么不能是树呢？琛说“我要做，便要做一棵在风中摇曳的树，也美丽，也芬芳，更可以经冬历夏，始终坚定地站着，站成一道风景”。

木盆盛满漂流声

汪涵

如果我有两条命，我一定拿其中一条去做一个快乐的木匠。

听到这个，你会吃惊吗？你一定不明白当木匠是件多么幸福的事情。

那一天的午后，我在靖港保健街上，看见于爹一摇一摇地走，像只公鸭子般往前面猛赶，旁边打铁的、卖药的、卖茶叶的，还有姚记坛子菜的掌柜，都在和他打招呼，他还使劲往前走，谁也不想理。看见于爹这么自在，我来了兴致，说："于爹，等一下，我要和你去做木盆。"于爹半眯着眼睛，速度一点儿没减，说："莫来，莫来，我要困觉。"

这个木匠很会享受啊，我决定去查验一下。从保健街往西走一点儿，不用过那个石拱桥就到了。我偷偷靠近他的铺子，看到他真的困了，靠在竹躺椅上，把扇子扔在一边。木器店的门半掩着，午后的阳光晒进铺子里有两尺，都堆在刨花上，还有小虫子在里面飞舞，他就在阳光边睡得很舒服。

那些工具散落着，他可以随手把它们拾起来。

我不是木匠！这个事实让我别扭起来，我甚至都有点儿开始嫉妒了，我挤不进于爹的时间，他的时间只属于他自己，不属于我。

想实现当木匠的愿望，我必须要耐心点儿。等阳光漏进窗子只有三寸的时候，于爹终于醒了，他对我说："崽伢子，你进来咯。"他算是我的师父吧，我得靠他才能过一点点的木匠瘾。我们终于要开始干活了。这时候天气还燥热得很，于爹的头顶上有一个铁吊扇，连漆都没有。这电扇其实很老，一直转了20年，这是作坊里唯一的电器了。于爹说，这是飞行牌的，广州生产的，非常好，让人凉快，刨花也不会被吹起来，所以就一直没有舍得换。于是，我和他一起劈木头，刨板子，弄出一大堆板子。第二天，我们要把它们箍成木盆。

有人打电话要来找我，我也说："莫来，我要做木匠。"

做主持人啦，接受访问啦，这些我统统不记得了，现在的我就是个木匠，别的我都不太愿意记得，谁也打搅不了一个木匠的幸福，可见做木匠是一件很好的事情。

于爹在60年前就开始做木匠，我在60年后追赶于爹。

于爹不太会讲故事，他的话太简单了，我都无法了解他做木匠的时候，脑子里在想些什么。偶尔，他会说："要是手里没有木工，就觉得手里没味。"

60年来，于爹一直活得手里有味，做着各种各样的桶子，有打谷桶、家用的饭桶、米桶、马桶，还有妇人用的坐桶。木工是他生活的胡琴，他咿咿呀呀地拉着，拉到靖港的水变成浑蓝，拉到心爱的姑娘去了远方。他换了几个新墨斗，换了几把新钳子，这些都是让人高兴的事情。不知不觉中，于爹的孩子长大了，湘西的送漆佬不再来了，真不记得，什么时候起，人们开始用铁桶漆，没有人用生漆了。这些琐事，都是他慢慢告诉我的。经常，我在这里待一个下午，才能听到他讲出一件很小的事情。

于爹干活的样子，照相照出来应该很好看，假如能画成水粉画应该更好看：他站在无边的刨花堆中，建造木头的宫殿。他的血气随着手上的青筋一路奔腾，随着绕锯、推刨、平槽刨、劈篾刀这些工具，贯通到木工、钓鱼、吃饭这些生活琐事，贯通到木头的每一个疙瘩、每一丝纹理之中，像个真正的大师。

60 年了，他有很多自己的小讲究，保持了他最爽气的工作打扮：穿一件衬衫，拿一碗沱茶。他从未使过电锯，闻不得上面的生铁气，或许电锯这玩意儿，只配做电影里的道具吧。他最主要的工具是裂了柄的斧子和刨子，它们把靖港的时光碎片，在每个年代都裁剪得一样整齐。那些碎片，随时可以箍成一个硕大的木盆，那是他自己的城。

别想在电话里向他推销电锯，因为他根本不想要。他说：“我没得手机、没得电话，你要做盆子，就直接到这里来。”

哪一件事不是闲事

陈蔚文

一

楼下老夫妻中的老太太走了，74 岁。在院子里他们总是出双入对，买菜、去公园、走亲戚，一左一右，或一前一后。他们婚龄有五十几年，养育了 3 个孩子。

就算知道生老病死再平常不过，仍为老先生叹息！楼道里同进同出的一幕随着老太太的辞世就此消失了。

老太太走后，我一次也未在楼道里碰见过老先生，想必他沉浸于悲痛中。几十年来的相携相伴，只余他踽踽独行。

七八天后是国庆假期，一位老友约父亲钓鱼，父亲说刘伯伯也会去——刘伯伯就是楼下那位老先生。

近傍晚父亲才回来，说钓绩还行，不过不如刘伯伯，他钓得多，还送了几条鲫鱼给父亲。

下楼，路过刘伯伯家。门口有只散发着鱼腥味的篓子，想必今天就是用它载鱼而归的。门上还贴着蓝色挽联：守孝不知红日落，思亲常望白云飞。

有一回，碰到住处附近一个认识的女人。她父亲正在住院，她说起父亲的病情，那是一种很鲜见的小概率的病，病情正在不可逆的发展中。她忧心忡忡地说，若父亲有天不在了，她真不知该怎么办——她和她性格乖张的母亲关系一直不睦，离异住回娘家后，宽厚的父亲是她的精神支柱。

有一晚碰到个认识她的熟人，说起她父亲前两天走了。

没过几天在水果摊碰见她，她正俯身在摊前挑选葡萄，除了那袭短袖黑裙透露出一点儿与丧事有关的消息，她就像大街上任何一个神色平静的女人一样。

那些仔细挑出的葡萄，表明生活又照常如旧了吗？我没叫她，怕惊动一些什么。

后来她再婚搬走了，我总是想起那一幕：她穿着黑裙在水果摊前挑选葡萄。

二

我 10 岁时，外公离世，被葬到故乡的山上。我和姐姐把他坟上的土和我们各剪下的一撮头发放在一个盒子内，表示外公永远和我们在一起。我们相互约定，一年内都不准说笑！否则就是对最疼爱我们的外公的不敬。我们相信，只有绝对的悲伤才是对外公最虔诚的怀念。

这是个我们以为容易的约定，怎么可能会难呢，外公一直护佑着我们，我在外公家长大，上小学二年级时回到脾性急躁的父母身旁，一下从无拘束的亮光里坠进暗影，我总盼望周末外公来接我！

但外公走了，胃癌，本来清瘦的他像一张纸片在冬天飞离了人世。

悲伤难道不是件容易的事吗？即使到今天，外公过世已 30 年，我想起童年往事，想到外公清瘦慈祥的样子，仍会独自失声痛哭一场。

可那时，我和姐姐发现遵守这个约定比我们想象的要难得多！对于 10 岁和 12 岁的女孩儿，即使父母急躁、学业乏味透顶，即使有各种让我们的心过早体会沉重甚至刺痛的东西：笑仍不能被完全抹杀！每当违反约定，我们就向那个装着外公坟土的盒子沉重而默默地道歉。没有了外公的世界我们怎么好意思笑出声来？我们真是太可耻了！

到后来，我们已不再监督对方并以此谴责对方了——我们彼此犯规次数都不少。但那种观念，仍成为顽固的印迹留存在我意识中：死亡像匹黑纱，将人世隔出一块“飞地”，它隶属尘世却又不与尘世毗连。在这块“飞地”内，欢笑、享受、美食、性，都是可耻和不被允许的。

20 岁时我参加了一个笔会，有位男作者说起他父亲半个月前过世，我大吃一惊，此前他的表现完全不像一名失父者啊！他谈散文创作、稿费收入，谈同样喜欢写作的妻子，这难道是半月前才失去父亲的人应有的谈兴吗？我一直认为，死亡是如此深重的灾难，作为家属、幸存者，我们应当永久活在绵延的悼念里寄托哀思。

逐渐发现，现实不是这样的。现实是纵使悲痛，活着的人们都要一如既往地活下去。曾经，我同学的姐姐，一名大四音乐系学生冬天洗澡时，因一氧化碳中毒走了。我去她家，战战兢兢，我怕面对她父母，我想他们的悲痛就像深井，连通着冰凉荒寂的大海……

一年后，我问起已移居香港的同学“你父母还好吧”，我只是出于礼貌而问，我想的是怎么可能好！一年前他们失去了正当华年、歌声动人的女儿。同学说挺好，他们来香港玩过，不过待不久，他们惦记着牌友，他们现在最大的爱好是隔三岔五约一帮朋友搓上几圈。

我无法将痛失女儿与热衷麻将联系在一起！我那时仍然觉得这对父母的悲痛未免太易平复了。

多年后我才明白，那实在是种无奈的寄托，不然，怎么办呢？

三

似乎是种残酷，却也是理智的清醒。是人给自己在危崖铺的一条小路——如果不想从断裂处一闭眼跳坠的话，死亡不能取消垂钓、搓麻将，不能取消夏日的葡萄，死亡不能取消活着的世界里的一切运转与欢娱！它只改变某些当事者的内心，在某些心底从此留下雾霾或雨水。

世界一切如常。

当失去女儿的父母在桌边码牌，当失去伴侣的老人在塘边垂钓，当失去父亲的女儿在日头下挑选葡萄，谁又能体会他们心上的痛与缺失？有些东西留在了原地，脚步就算凌乱、沉滞，却还要往前，不能停下。

加缪小说《局外人》的主人公对母亲的丧事很漠然："今天，妈妈死了。也许是昨天，我搞不清。"小说惊世骇俗的开篇，提示主人公非同一般的冷酷无情。有一天，他自己也临近死亡，他想到母亲当时在马朗戈养老院时，"她已经离死亡那么近了，该是感到了解脱，准备把一切重新过一遍。任何人，任何人也没有权利哭她。我也是，我也感到准备好把一切再过一遍"。突然间，你对这个冷酷无情的家伙有了一种理解，理解他那种"既然只有一种命运选中了我"的无所谓以及有无所谓做精神背景的"一切与我何干"的局外人的漠然劲儿。

文末，即将迎来死亡的他“准备好把一切再过一遍”后，他“第一次向这个世界的动人的冷漠敞开了心扉。我体验到这个世界如此像我，如此友爱，我觉得我过去曾经是幸福的，我现在仍然是幸福的”。这真令人吃惊！一个无情的家伙居然在将死时体验到爱和幸福！这是什么逻辑？但加缪的高明之处也在于展示一个局外人的复杂感受。他也许并非麻木不仁，这只是洞悉这个世界的真相后的平静和诚实。

相濡以沫，不一定要哭天抢地；情深似海，不一定要同归于尽。日常里，“局外人”的寓言其实早被人们用自己的方式践行着。就像再粗粝的异物，也得一点点地在体内消化掉，运气好的，异物能结成一颗珍珠。

“我有数行泪，不落十余年”，你看得出满街的平静下有多少未曾止歇的暗潮，你看得出在那些平滑下又掩藏多少刻痕？

“世间事除了生死 / 哪一件事不是闲事 / 我独坐须弥山巅 / 将万里浮云 / 一眼看开”仓央嘉措诗云。但这位传奇的情圣喇嘛 64 岁离世时是不是会想修改一下诗句呢——独坐须弥山巅，一眼看开，连世间生死，也不过是桩闲事。

假期结束后的次日傍晚，我在楼道内第一次碰上刘伯伯。我和他打了声招呼，他微微颔首表示应答，然后向楼下走去。他瘦了一圈，神色庄严、平静，往常这时候，他常和老伴去公园遛弯。现在，他一个人，也许仍是去公园，楼道里传来他孤独而努力平衡的脚步声。

我听父亲说，刘伯伯去花鸟市场花 20 块钱买了两支毛笔，准备习字。

做点儿无用的事儿

陈道明　口述
芝芝　　整理

一晃都年近六旬了，说不注意身心健康那是假的，但上升到正经八百的“养生”高度，又似乎不那么对味儿，因为我做的，用冯小刚的话说都是“奇技淫巧以悦妇孺”，不过，不做无为之事，又何以遣有涯之生?

这观念打远了说，可能与我早年的经历有关。我生在天津一个中医世家，父亲是燕京大学毕业生，后在天津医科大学教英文。受家庭影响，我少年时期的理想是当律师、外交官、医生，人生规划里完全没有“演员”。但高中时为了躲避上山下乡，有个正经的城里饭碗，不得已报考了天津人艺话剧团。进剧团后也没有一鸣惊人，多数时间都在舞台上跑龙套，一跑就是六七年。那时候演艺界都是吃大锅饭，主角和配角的收入相差不大，加上自我感觉“入错了行”，对出人头地没有什么奢望。人生起步阶段没有经历什么急功近利的熏陶，很自然地便学会了将很多东西看淡。不像现在的演员，接受了太多以竞争为主、甚至强调“你死我活”的教育，心理整个就跟着急功近利了。

其实不光演员，现在整个社会都得了“有用强迫症”，崇尚一切都以“有用”为标尺，有用学之，无用弃之……许多技能和它们原本提升自我、怡情悦性的初衷越行越远，于是社会变得越来越功利，人心变得越来越浮躁。

但这世界上许多美妙都是由无用之物带来的，一场猝不及防的春雨或许无用，却给人沁人心脾之感；刺绣和手工或许无用，却带给我们美感和惊喜；诗词歌赋或许无用，但它可以说中你的心声，抚慰你的哀伤……老子在《道德经》里也讲“圣人处无为之事，行不言之教”。人的生命包含肉体和精神，前者是基础，后者是升华。与其一味追求有用之物，不如静下心来，细细品味无用之物带来的静谧和美好。心安，则身安。

我从小弹得一手好钢琴，喜欢到钟爱。只要在家，我每天要弹上两三个小时，兴致高时会弹四五个小时。我有一台珍藏版电子钢琴，无论去哪儿都会带着，在外拍戏间隙就会用它来代替钢琴，有时碰巧剧组有设备，也会弹弹手风琴、吹吹萨克斯。钢琴对我来说是绝对私密的朋友，混迹于社会，难免有郁结之事，无用的钢琴练习便成了我排解心中不平的利器。

进入中年后，我迷上了画画，没有门派，不讲章法。磨好墨汁，铺好宣纸，手握画笔，然后打开地图，回想多年来拍戏到过的地方，然后挥笔泼墨画山水。画好后贴在书房的墙上，一遍遍观赏、对比，直到自觉不错了，这幅方才作罢。又有言书画不分家，后来我又觉得书法很精妙，慢慢也迷上了，我现在最喜欢用毛笔抄写《道德经》之类的古籍，一边抄写，一边默读，入脑入心，很有意思。

我也相当钟情棋艺。从围棋、象棋、国际象棋到军棋、跳棋、斗兽棋、飞行棋、五子棋、华容道棋……算得上无所不会吧。不过我只喜欢与自己下棋，人生如棋，下好下坏全在自己。借下棋，观天地之深广，思人生之浅狭。棋中有棋，棋里养生，抛却胜负，无心则胜，无心则乐，无心则寿。

偶尔，我也会做点儿手工。我家里有一个很大的房间专门用来放置糖人、面人和木工、裁缝所用的工具，这几项手工活我都还算拿手。女儿常年在国外，想她的时候就会浇个糖人，捏个面人，或者干脆穿针引线给她裁剪一身衣裳，聊解相思之苦，也算自我宽慰吧。当然，我更乐意干的是为妻子缝制各种皮质包包。我妻子四年前退休了，喜欢弄点儿十字绣之类的，有时我们夫妻俩就同坐窗下，她绣她的花草，我裁我的皮包，窗外落叶无声，屋内时光静好，很有一种让人心动的美感。

其实我最大的梦想是写杂文。在现当代作家里我最喜欢鲁迅的杂文，《鲁迅全集》我全部读过。在阴雨天，我愿意一个人写东西。但写杂文一直没有尝试过，觉得很难，要有一个环境和心境，先要把心洗干净，无杂念，看着窗外的飘雪，身上披着棉袄，身后一盏纸糊灯罩的灯，一支烟燃着，但不吸，手里一支沉甸甸的笔，写一句，思三思，踱五步，方可出杂文。

有人说工作那么忙，时间那么紧，去哪儿找闲情逸致？其实还是鲁迅的那句话："时间就像海绵里的水，只要挤总是有的。"我这个人不沾烟、酒、牌，不喜欢应酬，从不光顾酒吧、歌舞厅之类的娱乐场所，很少参加饭局，即使参加，一般也不超过半小时。工作之外，剩下的便只是读书、练字、弹琴、下棋，为女儿做衣服，为妻子裁皮包了。

这些或许都是"奇技淫巧以悦妇孺"的事儿，远不如一场饭局来得更有用，但人活着，需要给自己的心灵安一个家，让自己保持自我、本我、真我。无用方得从容，洁净如初的心灵及丰富多彩的精神世界才能成就百毒不侵的自己，心没病，身体自然安康。如果要说养生的秘密，这就是我越活越年轻的"奥秘"。

我身边那些伟大的人

闫红

那时，我在一家报社做娱乐版编辑。有一日，部门来了个实习生，个子很矮、其貌不扬。他平日沉默寡言，这种情况发生在一个帅哥身上，也许会很酷，但在他的身上，只会显得不懂事。

他不在的时候，别的部门的人跑过来，说：“你们怎么要了这样一个实习生，怎么去采访明星啊。”主任说：“他挺有才的。”我应该是“哼”了一声吧，记不大清楚了，但当时对他的否定态度，我记忆深刻。

后来，我换了家报社，巧的是，他毕业后也来到这里，然后我就不停地听到、看到他的消息。他的发稿量总是名列前茅，他的优秀稿件数量常常名列三甲，领导总是在表扬他。有一次，我在自己负责的版面上做了个策划，他的工作刚好跟策划内容有关联，所以我请他帮我写一篇应景的小稿，自然不可能写得才华横溢，但布局与文字，都可见他的用心，确实非一般人能比。

而这个时候，我也因自己的处境经历等等，渐渐改变了衡量人的标准，我不再那样绝对地以貌取人，开始觉得才华、性情、信念更为重要。我跟他们部门的一个女孩儿交流过，那女孩儿说，有个细节让她对他很有好感，在餐桌上，他给人敬酒，一边站起来，一边笑道："本来就不高，站起来还是不高。"

我后来也亲耳听见他类似的自嘲，有一次，单位组织体检，第一项是量身高，他笑道："才来就碰上我的强项。"

自嘲，是内心强大的表现。一个农村出来的相貌平平、个子矮小的男孩儿，要穿越多少黑暗酸楚，才能达到这光明自信的彼岸。就算现在，我也不相信他完全克服了自卑。有一次，一个同事当着他的面笑道，他已经把自卑转化为狂傲了。有时，他也免不了遇事急躁，但这些都不足以掩饰他积极进取的光辉，甚至，他会使那光辉更加立体，而不仅仅是光荣榜上的一个头像。

认识一个男的，经常吹嘘自己高大英俊，当然，他长相确实不错，但是这有什么好吹嘘的呢？美貌这东西，就像遗产，对一些人，它是锦上添花；对另外一些人，可能是雪上加霜。且说后面这种，像这个自以为美的男子，若是他没有这么搔首弄姿，若是他能够沉下心来，修炼自己的性情与智慧，那么，他也许就不会像现在这样浮躁，成为他人的笑柄。

就算是锦上添花吧，像我们知道的那样，相貌出众的人，更容易获得他人的好感，因此更容易成功，无论是求职、求偶、晋升，都能省些力气。可是，正因如此，除了极少数的特例，相貌出众者的人生都太顺风顺水了，没有"老人与海"似的与命运的搏斗，也就少了几分张力与快感，无法体现那种意志力的极美——像朱光潜所言，向着抵抗力最大的方向走去。

而我的那位其貌不扬的小个儿同事自然没有那么顺利，他曾说，他追老婆追了九年，他老婆一开始并不喜欢他。我又曾在一个类似于点名提问的文章里看到他说，他会选择他爱的，而不是爱他的。这种也许为貌美者不敢或是不屑的回答里，体现着一种力量感，我的这位同事之所以让我怀有敬意，还因为他从来不粉饰自己的人生。

我不知道是什么使他保持这样的意志力，没有扭曲，没有误入歧途，除了智商高以外，我想，大约是因为他爱学习吧。他曾说自己每月要买多少钱的书，我已经忘了，但我经常碰到他从书店出来，或是要到书店去，有一次因为顺路，我还开车载他去过书店。不断地学习，做一个有境界的人，突破命运加诸自身的各种局限性，这真是一件很了不起的事。

所以，虽然说人之初生，有美丑妍媸，有贫穷富有，甚至还有先天不足者，有残疾人，看似老天很不公平，但事实上，对于人最终极的考量，还是在于性情与智慧。的确有一些轻浮如我之当初的人，以貌取人，但这是我们自己的错。当我们以这些不能恒久的事物做尺子来衡量别人时，我们也会陷入被别人衡量的境地，谁没有一些局限性呢？

活在这人世间，我常常感到焦灼，感到自己人生的不如意。但每每想到这位同事，则使我心情平静。我看到了人类战胜命运的可能和这战斗中体现的美与力。因此，我的小孩儿，如果有一天，你觉得自己不够漂亮，不够聪明，也不用为这些苦恼，更无须在这些方面折腾。你应该做的事，是修炼你的智慧，超越这些障碍。说到底，容颜会老，审美会疲劳，聪明反被聪明误，而一个人的智慧，会让自己遇事处之泰然，让别人观之神爽。

信来信往的旧时代

老愚

从前的日色变得慢

车，马，邮件都慢

一生只够爱一个人

——木心《从前慢》

搬家，旧物件不难处理，该扔的都扔了。唯一让我犯愁的，是一大摞旧信。

每次挪窝，都会随手撕碎一些信件。面目全非、交情已绝的，就这样逐一整肃完毕。剩下的，便是某一段时光的见证物，不愿再丢弃。

回想前通讯时代，写信、发信、收信、读信，是生活中非常重要的事情。家人、女友、同学……一个人的私关系体现在一封封信里。

邮递员在那时可是天使的角色，他带给人们各种消息。收信人随之生出各种喜怒哀乐，信来信往滋生出人世间诸多悲欢离合。《读者》杂志前不久出版了一本好看的故事集——《灵魂的马车驶上高坡》，里面收有一则邮递员的故事：美国有个其貌不扬的年轻邮差，因嫉妒一对恋爱中的可人儿，将男主角从中国云南抗战前线发回的信私藏起来，盼信的淑女一天天憔悴，终至忧伤而死。临终时，这个作恶者才将自己的罪孽和盘托出，期望得到上帝的饶恕。这是一个令人恐惧的故事，我们的命运有时就攥在卑微而疯狂的人手里。

班级收发员、单位门房，都是我们曾经巴结的对象。你可以不谄媚上司，但不能不对掌握你信息源的人奉上笑脸。我当年在工人出版社工作时，转业军人出身的瘦黑收发员，对一干领导低眉顺眼："您的信。"对一般员工则亲切地扯开嗓子喊一声："×××，取信喽……"我甚少与此人来往，而我的信件又多，自然不会让他高兴，所以我的邮件总是慢半拍到手。

那时，掐指头算信的走动时间。比如，给父母的昨天该到了，回信路上走一周，下周这个时间当能知道家里情况；女友的信今晚回，明天一大早付邮，航空件，三四天即可到达；寄给某报社的稿件已经十多天了，怎么还没有被采用的消息？偶尔有一封海外的信飘来，谁知道在打开之前，已经有多少人仔细地审查过了。

读信是最令人愉悦的。握着写有"内详"、盖有邮戳的宝贝，独自躺在床上，急切扫视一遍，再逐字品味，于想象中完成与伊人的交流。彼时，汉字是甜蜜的，芳香滋润着渴望的心田。

堆在角落里的这摞信，跟随我已有二十多年了。信封发黄，里面皆为旧日消息。不舍得丢弃，是因为亲朋故旧仍可如此聚在一起。

"六点多从浴室走出来，迎面是棕榈树丛中的灯光，路上只有几个人，虽是傍晚，却很宁静，我的情绪一下非常好。我感到北方的他在凝视着我，一切都是那么美好……我至今仍在回味那首‘一只青苹果游过事物之河 / 红你枝头’，越想越美妙。”（1987 年）这是女友信里的话语，彼时，思念到不能自已，便奋不顾身赶到北京火车站，一路站到上海北站，那时特快也需要十几个小时。她后来成为我的妻子。

散文作家苇岸在写给我的信里这样赞美贱内：“她温柔无比，是你的幸福之源。”大约是 1992 年初夏，他邀请我们去昌平乡村游玩——赏麦浪，骑自行车、谛听鸟鸣。素食、清洁、执着于文字……这是他留在我记忆里的印象。海子自杀后，苇岸为传播海子的诗歌四处奔波。他死于癌症，其描写人类与大自然关系的文字别具一格。

常年在渭河电厂工地施工的同桌 T 写道：“别忘了在蓝天之下、荒野之中，还有这样一位不起眼的故友在时刻惦记着你……让我们在不同的工作岗位上，为建设美好的祖国而努力！”（1991 年）一场感情纠葛使他精神失常，从此进入妄想世界，被关在绛帐镇上的精神病院。几年前去探望他，见他一支烟接一支烟地吸，神情超逸，称联合国主席授权他组阁。

山西小学教师刘红庆写道：“十一月去太原，《上升——当代中国新生代散文选》和《再见，二十世纪——当代中国大陆学院诗选》都刚上市，问问行情，还不坏。我索性各买了一册。”（1992 年）这两本书皆为我编选的“21 世纪人丛书系列”。他后来入京，靠一支笔步入文坛，热衷于讲授、传播晋中民间音乐。

四川姑娘阿溶在一张日本明信片上写道：“我喜欢使自己简洁一些，在看简洁的书，并写哲味重一点儿的诗歌。”（1992 年）我出版了她的通信集《阿溶的新感觉》。她开过画廊，后来上了作家班，再后来为房地产商做文案，安静地生活在沪上。

父亲在信里说："夏收刚结束，现正忙于嫁接苹果树。你母亲身体就是老样子，血压不稳，稍高就发昏。其他一切都好。"（1993 年）土地名义上在农户手里，种什么却由乡村干部说了算：忽而洋葱，忽而果树，折腾了一溜够，官员们自上而下获得了推销种子、树苗等等的提成，庄稼汉大多白忙活一场。母亲走了快两年了，坟头青草正高。父亲后来响应号召开厂，旋即又被深套其中。好在老人家想得开，总算渡过了难关，今年七十有三，鹤发童颜。

幺弟信中云："荒草一般长大了，却茫然无措。惧怕高考，准备参军练就一副好身体。"（1994 年）幺弟跟父亲在造纸厂忙活过一阵，后来进京觅活，从给人开车到独当一面，现在已经是一家公司的经理了。

正是这些旧日的信件，让我觉悟：时间是假的。

信来信往，人人心里有一个盼头，焦灼又甜蜜。一笔一画地写，一字一句地读。朋友去英国读书，我的梦里充满了翻卷的海水，竟乘坐一架飞船抵达他的校园。隔绝导致无穷的思念，友情、爱情、亲情往往会因澎湃的想象而发酵升华。如今的孩子恐怕想象不出那么一个漫长的时代了。

仍想把这些渐渐发黄的东西放在一起，无聊时随手捡一封读一读，它们或可给予我前行的勇气。

知道得太多

张炜

一般来说，一个人的好奇心越重，生命力也就越强。等到一个人什么都不想知道，什么都不爱好了，这个人肯定是走向了衰弱。年轻人精力充沛，所以对各种事情格外好奇，对外部世界有极大的新奇感，这都是自然的。许多人越是年轻就越迷恋网络之类，多少也是这个道理。还有许多人担心自己被时代抛在后面，没法与大家对话，总想知道更多的事情。因为平时的确是如此，知道的事情越多越可以与人讨论，可以有更多的参考，用以推导眼前的事情，感知这个世界。不要封闭自己，这是我们被一再告诫的。

但是从另一个方面讲，又常常听人说“太阳底下无新事”——人世间总是有一些差不多的事情在改头换面、不停地循环发生。从文学表达上也可以明白一些道理：最杰出的小说家为什么不再一味地专注于写故事？因为组成故事的元素也就是那么多，什么谁爱上谁了，谁死了谁活了，谁搅入了什么阴谋之中——这些元素可以不停地组合，各种奇怪的故事也就出来了。不过世上的故事讲来讲去也就是那么多，可见真正的新意不在故事上。怎样把这个世界最大的隐秘揭示出来，依靠的还是“细节”与“超细节”——这才是诗性的极致。

从阅读上讲，将无所不在的好奇心与探索经典的极致之美结合起来，这或许是最重要的。

于是我们发现了自己的窘境：现在常常忧虑的不是知道得太少，而是知道得太多。各种信息太多了，什么网络小报广播电视杂志书籍——连风里都是各种各样的声音。我们的视听已经被严重堵塞，五官负担大大超载。这一切已经影响到我们的思考和判断，因为既没有时间也反应不及，各种参照实在太多了。

所以一度跟什么隔绝、把窗户关上不但不是坏事，反而成为必须要做的事。如果想做一个保有巨大创造力和思悟力的人，还需要想想这两个字：清寂。由此我们可以理解美国那个梭罗跑到湖边林子里封闭自己的奥妙。他种地写作，想些事情，清心寡欲。这果然使他聪明了许多，比别人特殊了一些。他知道的事情都是闹市中人所不知道的，而那些人知道的，大致都是一些重复了无数遍的东西，所有那一切都登在报上印在书上，知不知道、早一点儿知道晚一点儿知道都无大碍。

他在林子里，读报纸不方便了，口耳相传的声音没了，心思容易集中。更要紧的是，他开始考虑一些更大更遥远的问题了。也就是说，他的心里装上了大事。

心里要装大事，就要回避小事。

再比如美国的女诗人狄金森，一辈子没怎么走出她的房子多远。她死后，人们从她的抽屉里找出了一沓沓的诗稿，这才发现了一个伟大的诗人。她的思维所抵达的角落，是当年好多辉煌一时的人物所无法抵达的。她穿越的思维空间，是那些足迹印满了欧亚大陆的人也难以想象的。她靠了什么？不过是与世隔绝，不过是封闭自己，不过是两个字：清寂。

但是这样说，只是道出了一个方面的道理，并不一定是要人人都走这样的极端。因为从另一方面看，一些激烈参与社会生活、推动社会波澜的人，也有高屋建瓴的气魄，有力挽狂澜的力量。像雨果，常在国会演讲，参与党派斗争，被流放等等，结果也是一个精神和文学的巨人。他到了晚年过生日的时候，总理探望，民众在他家阳台下彻夜不眠地游行。他去世的时候，棺木停放在凯旋门，供民众瞻仰。怎么看雨果都是个伟人、巨人。这样的人常常处在社会剧烈变动的旋涡里，是个看得见的显著的推动者、参与者，一个了不起的人。

于是今天会陷入一个悖论：知道得更多好，还是稍稍闭塞好？是尽可能地回避，还是要勇敢地投入？不知道。不过我们大致可以明白，雨果等人并没有亲临一个数字时代，如果他走进了这个时代，也一定会为信息轰炸而恐惧的——说不定他逃得更快。

事实上，雨果如果整天在议会演讲，整天参加革命，整天反对小拿破仑，没有被流放到那个岛上，也不会有时间写作。字要一个一个填在格子里，饭要一口一口吃，一切都不是空穴来风。可见即便是雨果这样的伟人，一生也有过大回避。大清寂和大热闹肯定是相辅相成的。

有一点是肯定的，对于我们当代人，百分之九十以上是知道得太多，热闹太多，个人时间太少，回到过去太少，阅读经典太少——挨近各种垃圾太多，时时有被掩埋的危险。

比如出版物，每天一车一车运进运出的文字垃圾到哪里去了？它们从印刷厂出来，可不是为了直接回到造纸车间去循环的，大多还是被那些粗劣不论、不挑食的好胃口给吞下去了。想一想，长了这样的好胃口有多么可怕。如果吞下这类东西更少一点儿，我们不仅可以节省大量的精力、时间和热情，还可以保护大片的森林。

现在印刷技术极为发达，两个星期就可以把一本书推到社会上，半月之期就可以迅速地制造一堆文字垃圾——但是就像候鸟一样，它们一会儿飞来，一会儿又消失——它们无法长久地停留在原地。

优人一等的心

朱成玉

我家门前有一个剧院，常常会有一些二人转的演出。那欢快的曲调常常在傍晚时分响起，整个上半夜的时光就都跟着颠跟着颤了。那里的门票分三个等级，最低也要三十元一张。但这丝毫没有阻碍人们来看二人转的热情，剧院里常常是人满为患。

邻居张大爷是个二人转迷，一辈子就好这一口儿，可是家里的经济条件不好，根本没有闲钱让他去剧院里过瘾。这位爷自有他的高招，傍晚时分背着自家的藤椅，往剧院门口的大喇叭旁一放，美美地躺进去，摇着扇子，在暖暖的风里摇头晃脑地听起来，那叫一个美啊！

剧院的人精明得很，并没有驱逐他，因为他那无比享受的神情，也算是给剧院做了免费的活广告。两相成全，相安无事，乐得其所。

时间长了，张大爷便成了剧院的门前一景。那轻轻摇着的扇子，一定在他的心间扇出了最惬意的风。

这便是优人一等的心。

剧作家沙叶新曾经有过一个鲜为人知的笔名——“少十斤”，不细心的人不明就里，仔细看，原来是他将自己的名字劈成两半。沙叶新自己开玩笑说：“将‘沙叶新’砍去一半，也不过‘少十斤’，可见沙叶新无足轻重，一共才二十斤。”

胃癌手术后，有记者采访他，他照例幽默不断。“因为癌症，我的胃被切除了四分之三，我也是‘无畏（胃）’的，你想听什么，随便问吧。”

这是一颗多么豁达而轻松的心——把自己看得很轻，人才会松快。

沙叶新是出了名的“犟脾气”，向来不媚时、不曲学阿世，在任何环境下，都能做到不降志、不辱身、不赶时髦、不回避风险。有人评价沙叶新，说他是“不为权力写作的老戏骨”，他也确实是个秉承文人风骨的人，不做权力的吹鼓手，坚持自我思考、独立书写，绝不出卖灵魂。

这便是优人一等的心。

妻子喜欢捡垃圾，每次一家人出去吃饭回来，挺贵重的皮包里便都装着捡来的矿泉水瓶子。我觉得丢人，更让我不能理解并有点儿讨厌的是，孩子竟然也学她捡垃圾，楼下谁家丢弃的衣物妻子也都捡回来，破烂的缝补好，脏的洗净，导致阳台上总是堆得满满的，像垃圾场。我觉得妻子带坏了孩子，让孩子小家子气，短了贵族气质，为此不止一次和她争吵。直到后来我才知道，妻子每次卖了旧物都会带孩子去看一个没钱读书的孩子，他是妻子和女儿一起帮助的孤儿。我无比惭愧，妻子这样是带坏孩子吗？她这样，只会让孩子的心一点一点更靠近阳光。

这便是优人一等的心。

毕淑敏说，优等的心，不必华丽，但必须坚固。

优人一等的心，不是你有多富贵，不是你有多霸气，而是——相对那些庸常，多了一份优雅；相对那些浮躁，多了一份从容；相对那些冷漠，多了一份慈悲。

像 一 只 鹤

王太生

清代文人李渔的家厨王小余，菜做得好，脾气也大。他在掌勺时，对旁边的人说："猛火！"烧火的就将火燎得旺旺的，像大太阳一样。他说："撤！"旁边的人赶紧撤下柴火。他说"且烧着"，就丢在一边不管。他说"羹好了"，伺候的人赶紧拿餐具，稍有违背他的意思或是耽误了时间，他必像对仇人一样大叫怒骂。

王小余做菜时很投入，他站在灶台旁，全神贯注，两只眼睛瞪得老大，只盯锅中，屏声静息，除了挥动铲勺的叮当碰撞声，听不到其他声音，李渔说他"像一只鹤"。

李渔为什么称王小余像一只鹤？他对这位家厨太喜爱了。鹤，除了有洒脱的形态，还有高雅、俊秀的神态，飘逸、灵性的情态。王小余做菜有个性，就像唱歌的有夸张的动作和表情一样，厨师也有手舞足蹈的肢体语言。

像一只鹤，是说这个人的状态非常投入，双目炯炯，物我两忘，一门心思深陷其中，浸淫着、沉醉着。

关于鹤，我们联想更多的，是它飞翔时的样子，而很少见到静止的鹤或者在想一件事的鹤。我在水草丰茂的苏北湿地，遇到过一只闭目养神的鹤。那是只蓑羽鹤，背上耷一件“蓑衣”，像一个人站在那儿，安静地想着心事。鹤在静止时，一动不动，像一个沉默的人。这个世界，有披蓑衣的人，也有背蓑衣的鹤。

静默于水边打鱼的人，像鹤。他在水边打鱼，一动不动，满耳都是风声、水声，但这些他听不到。他神情专注，只关心鱼和网。紧盯着水中，网中进了一条鲹鱼或是青鱼，他了然于心。打鱼人身披一件蓑衣，头戴斗笠，雨水一滴、一滴……沿着一根根草尖，顺势而下。

画画的人，也像鹤。画画时眯缝着眼睛，虽不像鹤那样单腿站立，却是在凝神琢磨，有鹤的淡定和从容。

人专注地做一件事情，像鹤。朋友老杜，是一个经常出入于各类大小场合拍会场照的人。老杜在拍照片时也像一只鹤——一只眼睛闭着，一只眼睛瞪得老大，老杜沉浸在现场的氛围之中，抓拍每一个稍纵即逝的瞬间，不受任何外界的干扰。

而有意思的是，像鹤的人，看别人也像鹤。有一次，老杜在拍一场讲座时，透过镜头，他看到听课的人，像两种不同状态的鹤：有人听得聚精会神，目不转睛，脖子伸得老长；当然，偶尔也会看到有一两“只”低头打盹的“鹤”。而那个在台上演讲的人，神采飞扬，双眸发光，像一只舞动翅膀飞翔的鹤。

闲云野鹤一样的人，指生活闲散、脱离世事的人。所以有《红楼梦》第一一二回里的感叹：“独有妙玉如闲云野鹤，无拘无束。”

文人想事时，如鹤。汪曾祺的儿子汪朗回忆父亲晚年：一个人双手捧一杯茶，坐在沙发中一言不发，静静地想事。那模样，有点儿像高僧入定，只是眼睛睁着。一看到老头这般模样，家人就知道他又在想文章的事了。

汪曾祺像一只鹤，琢磨文章的老鹤。

我们和我们的信仰

宋石男

这是我眼中的现世：所有的利益都集中在大城市，在那里，铁石心肠的野心家可以大显身手，其余的人则“路断车轮生四角”。城市在侵略乡村，乡村则在模仿城市。我们迷失在慢性自杀般的孤立之中，对我们的出生地茫然不知，切断了与过去的所有联系，被迫生活在匆匆忙忙的现实中，像尘埃一样被吹向广阔无垠的平原。故土已经变得无关紧要，因为我们的心灵在任何地方都找不到寄托了。

然而生活仍有希望，我们仍有希望。希望来自力量——如果不感到自身充满力量，就不可能有生活；力量来自信仰——如果没有坚如金石的信仰，生活就不值得过。

这信仰翻译成一个字，就是爱。

一旦我们有爱，生活就开始有意义。一旦我们将责任赋予爱，生活就持久而丰盈。一旦我们在充满责任的爱中发现诗意，生活就再也不可能被毁掉。

所有爱情都是短暂的，爱情到最后要维系下去，只能变成爱情、亲情和友情的复合体，变成责任的主体和客体。责任就是为所爱者许下无须说出的大小承诺，然后一一实现。责任听起来不浪漫，但我觉得它是世界上最浪漫的东西之一。

不过，仅仅拥有责任还不够。如果说责任是爱的骨骼，那么诗意则是爱的血肉。海德格尔引荷尔德林的诗说，“人，诗意地栖居在大地上”，这是一句非常深刻的话，触到了人类生活的本质。生活若没有诗意，可能沦为一张纸币；这诗意若没有爱，则可能走向纳粹美学。

当然，我们也承认，生活常是令人震惊的单调和雷同。但你若有勇气，就要战胜这种单调，要在单调中保护生活。诗意即是生活最大的保护伞。那么，如何让生活充满诗意？有三个好法子：重返天真、浪漫付出、共同梦想。

重返天真意味着，你要让自己的目光变得清澈，让心灵变得干净，让皮肤变得敏感，而且双脚穿上童鞋。你在人面前，再不用堆上世故的微笑，也不用戴上防尘的口罩。你们是爱人，不是需要彼此厮杀的敌人或者相互猜忌的对手。你们应该像孩子一样，无拘无束地交谈，毫无保留地做事。

浪漫的本质是付出——出人意料的、富有想象力的以及有一定难度的付出。浪漫不一定需要大场面，尽情运用你的创造力，让生活洋溢细小的温暖，即是浪漫。浪漫没什么禁忌——也许唯一的禁忌只是自私。

共同梦想可以让诗意持久，实现梦想则会让生活达到巅峰。我们不妨设计两个梦想，一个大梦想，一个小梦想。大梦想终生未必能实现，但要持有；小梦想两三年内或可碰及，乃至实现。大小理想的具体内容，因人而异，但一定要有，这样我们才能携手驾驭灵魂的马车往高处行去。

即使穿越每一条路，人也永远不能发现灵魂的边界——它拥有的范围无限深广。生活永远是一场探索，一种实验。这种实验需要被检验。苏格拉底说得再好不过了，“未经检验的生活是毫无价值的生活”。用什么来检验？用理性，也用情感，更用信仰。

让我们低声吟诵陀思妥耶夫斯基那感人至深的话，带着信仰重新走上生活之路：“第一要真诚，其次要善良，最后还要我们永不相忘。”

让我们返乡。再次爱上某个人、某件事、某个地方，就是返乡。灵魂的噪音只有在爱的故土才能得到过滤、平息。当我们爱着，我们就已经回到故乡。

一百种生活

里则林

我曾有一个风流不羁的朋友，他从初中开始早恋，一发不可收拾，做得最多的事情就是换女朋友。那时的我年少无知，甚是羡慕。一直到二十岁时，他仍然如此，他常问我们是怎么做到可以跟一个女孩子相处那么多年的。

他相处过最久的，只有半年，他们分手那天，我陪他坐在楼下。我说："这个挺好的，而且你们相处得也挺好的，为什么又要分手呢？"他只是目光呆滞地看着天上，过了很久，才若有所思地说："我感到害怕，害怕和一个人相处那么久，然后再也不分开，一辈子就对着一个人，这样的生活太平淡了。"

我也曾想过这个问题，同样无法想象一辈子对着一个人，过着一种生活，看一种风景。后来我告诉朋友们："以后我结婚了，和妻子生下一个儿子，然后去父母面前跪下磕三个响头，说：‘我是独子，好在如今咱家有后了，再见。’从此一生漂泊，四海为家。”朋友们听了只是觉得好笑，他们举起手中的矿泉水，说：“牛掰，干一个。”

回想起十多岁时，我们总是不上课，成群结队地游荡在外。并不知道自己要干吗，对未来也没有打算，只是觉得很自由自在。我们总觉得，每天待在教室，会闷死，觉得生活不会再有变化了：早晨起来去学校，一直到夕阳西沉，然后结束一天。那是我人生里最想变成一只鸟的时期，希望可以飞起来，甩开这钢筋丛林的地方，在天空眺望远方，去我目所能及或者目所不及的美丽的地方。

有时坐在长江边，看着对岸，陷入深思：人生就像这河的两岸，游过去游回来，才有截然不同的风景，却从来没有思考过，什么才是自己最想要的风景。

年少的不安和躁动，也许是每个人必经的。小时候，我以为我爹是一只没有脚的鸟，永远都在飞，没有办法停顿下来。所以在我成长的过程里，难免漂泊。小学时我就已经会说粤语、上海话和重庆话了。后来某年回到老家，去到父辈们生活过的老房子，走进爸爸的房间，看到桌子上放着一些布票和一本满是灰尘的笔记本。打开笔记本，第一页写着“走尽天下路，看遍天下景”。才明白爸爸年少时有一颗和我一样躁动不安的心。

初中毕业后，我不想再上学，但是当舅舅问我“那你打算干吗”时，我一个答案都没有。我只是想与众不同，不想与千万人过同一种生活，却不知道这种与众不同的意义是什么。就像小时候美术课老师要我们画西瓜，全班就我一个画了个黑底绿纹的西瓜。

后来我去海口上高中，那是最难熬的三年，孤独而且寂寞。坐在大海边，我忍不住笑自己，现在终于与众不同了，一个人跟曾经所有熟悉的地方和人隔海相望。我才明白，这些全是无知地追求一种虚无的特立独行所付出的代价。开始有淡淡的后悔。

在小时候的那堂美术课上，最后老师语重心长地对我说：“虽然你画的和所有人都不一样，可是全班也就你一个人没有画出西瓜来啊。”因为追求不同,反而毁了事物的本质,这便是所有追求非主流的人都犯过的错误。

后来，我开始变得安分，和所有人一样，静下心来，考上了一所大学。初中时的那些朋友也一样。大二的冬天，那个最风流不羁的好朋友告诉我，他要结婚了。我觉得不可思议，连问了好几个人才确定是真的。我曾以为他永远不会结婚，至少不会是最早结婚的。

回到重庆参加他的婚礼那天，看到他站在台上，和新娘四目相对的瞬间，他忍不住流出泪来；说“感谢父母”时，他又流出泪来。那天他和所有人一样，摆起所有结婚的人都会摆的酒席，而身旁牵着的那个平凡姑娘，绝不会是他交往过的那么多女孩儿里最特别的一个，但她是唯一一个和他步入婚姻的姑娘。我们站在台上为他唱起张宇的《给你们》，心里感触良多。我们曾最害怕波澜不惊，此刻却真心地为这所有人都会经历的平凡的幸福感动不已。

不管我们曾爱过多少人，最后留下来的，一定是那个让你习以为常的人，也只有平凡和平淡才是能让人习以为常的生活。也才突然发现，原来我已经开始理解生活，早已摒弃了以往无知的追逐。

正如当下很流行的一句话说道：“我们曾如此渴望命运的波澜，到最后才发现，人生最曼妙的风景，竟是内心的淡定与从容。”

成年人的生活里没有“容易”二字

谭洪岗

“成年人的生活里没有‘容易’二字”，是电影《气象预报员》里男主角的父亲对男主角的提醒。尼古拉斯·凯奇扮演的男主角达夫，这时的生活正一团忙乱——他的本职工作是在电视上播报天气预报，看上去工作光鲜，然而也会不时遭遇失望、生气的观众朝他扔垃圾。工作上的烦恼还是小事，他的一双处于青春期的儿女，各有各的状况。而达夫即便努力赢得了收入丰厚的新工作，可以赴纽约开创一番事业，却依然挽回不了前妻的心。而这段时间，他年迈的父亲患上淋巴癌，不可逆转地一步步走向死亡。

估计达夫自己也说不好，这段焦头烂额的日子，该算是所有不如意累积起来的大爆发，还是人生本来就困难重重。

的确，谁的生活都不易。不过，父亲对达夫的提醒，还包含着另外一层敦促：负起成年人的责任，那些不应回避、需要去做的事，即便感觉艰难，也还是要去做，不能只挑看上去好走的路来走。

达夫的父亲年轻时便已成名，此时即便面临年老、疾病，每一次跟正当盛年的儿子会面时，他都是更淡定从容的那一个。劝儿子担起责任、不要畏难，这句话里也隐含了老人毕生的感悟吧。

达夫回顾过往，未尝没有悔恨。当年婚姻关系的破裂，自然有他的责任，那时的他年轻任性，对妻子有时也漠不关心。昔日未曾珍惜而失去一段婚姻关系，很容易；如今想要挽回却十分吃力。说起来，成年人的生活并非一开始就注定困难重重，许多时候，是我们在原本有大把机会时，贪图眼前的舒服，纵容自己，不愿多付出一些努力来为日后的轻松生活奠定扎实的基础，这才渐渐地越走越觉得艰难。

达夫有一位睿智的父亲。他在父亲告别人世前，因跟父亲持续交流，渐渐有了前所未有的心灵上的亲近和默契。年少时，尤其是青春叛逆期时，很多人会认为父母太老或太平庸了，总想要挣脱父母，活出截然不同的人生。常常要到年长之后，经过了生活的磨砺和各种磕磕绊绊，我们才会发现当年父母的告诫，其实既带着关爱，也带着过来人的经验和深刻的教训。

达夫渐渐懂得了承担，并且想要勇敢去面对。每当感到生活的不容易时，他开始自发地拿父亲的那句话来鼓励自己：成年人的生活里没有“容易”二字！

这恰好也是很奇妙的地方，你若期望一切舒舒服服、轻而易举、不让你操心费神，那么，每一点意外波折都可能带来艰辛感；当你承认生活本来有它不易的一面，并坦然面对，一切的艰难都可以安然度过。

达夫独自奔赴纽约，开始了他的新生活。他周末回原来居住的城市，探望两个孩子；此时，前妻已嫁人。不是所有事情都合乎心意，然而他已决心接近真实的自己。

生活没有现成的解题公式

谭洪岗

彼得潘，是小飞侠童话故事里不愿长大的小男孩儿。不愿长大，是想留住孩童的纯真与无忧无虑，唯恐一旦进入成年人的世界，便会失去纯净无染的童心。

生活在现实世界，迟早要经历长大成人的过程，只不过多数人是磕磕绊绊逐渐长大的。韩国电影《彼得潘的公式》里，男主角韩修却因遇到突发变故而迅速长大。读高三的韩修是学校里的游泳好手，有潜力，有前途，他的生活原本简单无忧，在海滨小城跟妈妈相依为命。然而，妈妈忽然服毒自尽，遗书里说自己内心痛苦空虚，实在撑不下去了。自杀未遂的妈妈躺在医院昏迷不醒。韩修一夜之间成了一家之主。有债主登门逼债，还骂他“私生子”。他按妈妈遗书上的地址找到了亲生父亲，可生父有自己的生活，不愿与韩修相认。

短短几个月发生这么多事，对于一个十八九岁、还没完全长大的男孩儿来说，的确太残酷了。不过细看韩修的反应，你会发现，每个人都能承担他的命运。内心的力量能否展现，取决于你肯不肯及早面对。

遇到突如其来的变化，韩修也会震惊、不适应。在医院里陪着昏迷的妈妈说话、照顾她时，或许他心里也盼望这一切没有发生，盼望奇迹出现，妈妈明天就会醒过来，回到以前的生活。然而，不管情不情愿，他还是迅速放弃了游泳比赛，考虑退学；为了挣一点儿钱到码头打工……在行动上，先尽力去撑起这个小家。

那是世事奇妙的一面。变故来临时，你若只是哀叹人生残酷，苦苦思索为什么会是我，质问上天为什么这样的灾难会砸在我的头上，一边想不通，一边拼命退缩到角落哭泣……所有这些躲闪逃避，只会令你认定世界不安全，你所拼命抗拒的世事无常，也会更加如影随形。相反，如果你不浪费时间逃避，只是迎难而上、尽力面对，那么，压不垮你的一切都可以让你变得更强大——因为，每个人内在所蕴藏的潜力之大，超乎我们自己的想象。

十几岁的少年，仍留着儿童时期的稚嫩，不是那么容易就能挑起生活的重担。韩修去寻找生父时，多少会盼望有人帮他分担，向往从未在他生活中露过面的父亲，能像个真正的爸爸那样，帮他遮风挡雨。然而，当他明白生父的态度，青少年身上那股血气方刚的倔强不服输，立刻被怒火点燃。他当面烧掉了证实两人血缘关系的亲子鉴定，头也不回地转身离去。

韩修没有抱怨他的青春为何这样残酷。这段旋风一样变幻的日子里，只有在年长他许多的女邻居身上，他能感受到母性的温柔，暂时忘记妈妈生死未卜的悲伤迷茫。然而女邻居的家人婉转地来提醒了他，韩修自己也知道这段感情不宜维系下去，遂毅然放弃。即便那伤心悲痛令他在海滨游泳时险些溺水。

内心脆弱时有意无意寻找精神上的依托，喜欢上近邻，这可以在任何年龄段的人身上出现。明白感情不可持续时断然放下，那是心智正在走向成熟的标志。

一次又一次找寻，一次又一次受挫，并不表示人生苦难重重。一条路没有走通，有时只意味着，这条路本来就无法通往你要的幸福，这条路原本就承载不起你真正的心愿，越早认清此路不通，你越有机会调头，去寻找真正能走通的路。

曾读过一则寓言，一位国王想找一句最有哲理的话刻在戒指上，来时刻提醒自己清醒地活着。全国最聪明、最有思想的臣民们，最终找出的那句话是：这也会过去。是的，富贵贫穷、顺境逆境，一切变化和经历都会过去，当你有一分清醒，能够承载，那么，什么样的经历，都无法阻挡蓬勃的生命力绽放开来。

无论年少的韩修是否想得这么明白，片尾，当他像鱼一样在海里灵活游动时，必定亲身感受到了与大海融为一体的安心。在海边畅游几小时后，蓄积许久的压力全都被释放掉，交给了大海……当一个善泳者能感受到大海的广阔和无限，进而让那份无限感、开阔感融入内心，那还有什么生活变化会承载不了呢？

心宽时，出路自然变广。我们并非只能在童年的纯真和成人的圆滑世故中二选一。真正的成长，可以既有孩子的纯真纯粹，又有成人的负责与担当。当你停止抱怨生活的不如意，拿出勇气直面时，才会知道，那都是为了成就你而来。

倒挂的油画

金建云

我家的餐馆开在美院边上，美院的师生常常来餐馆吃饭。我的父亲是个很优秀的厨师，他不懂艺术，但是一直很尊重这些搞艺术的人。

父亲眼中似乎只有两类画家：一类是成功的，另一类是怀才不遇的。成功的画家常常请客，在餐馆里提前存上一笔钱，吃完饭就拂袖离去；怀才不遇的画家都喜欢赊账，偶尔还掉账单的一部分，然后继续赊账。

陈是个怀才不遇的画家。有一天，陈吃完饭后，找父亲借钱。他说自己的母亲病危，他非常想去见她最后一面。父亲想都没想就帮他出了机票钱，嘱咐他立刻打的去机场，千万不要留下终身遗憾。

一个月之后，陈重回餐馆吃饭。他对父亲千恩万谢，一定要送他一幅画。父亲指着餐馆墙壁上挂满的画说："你看，很多有困难的学生都以画抵账，我这里最不缺的就是画了。过去的事情你不要放在心上，尽管来吃饭就是……”

陈恳切地说：“这幅画不是为了抵账，而是为了报恩。我陪伴在母亲身边看着她咽气的时候，最感谢的人就是你。你让我没有留下终身遗憾，我实在不知道怎么表达自己的感情，就画了这幅油画。您务必要收下，否则我……”

父亲终究不忍拂了陈的好意，便把这幅画带回了家里。这是一幅抽象派的油画，几团大大的色块，深浅不一，形状莫名。由于客厅、卧室墙壁上都有了装饰品，所以父亲把这幅画挂在了厕所里。于是，我们家人如厕的时候都可以欣赏这幅画了。

厕所靠东，朝阳温暖的光线常常落在这幅画上，色块隐隐浮动，凸凹有致。我们越看越觉得奇妙，不知不觉脑中就会出现很多美丽的联想。母亲说她每次注视这幅画的时候都会想到她的家乡，想到漫天彩霞和她少女时候的梦；父亲说他会联想到自己的父亲，父亲去世的时候他无法送终，那种挥之不去的哀愁也浓缩在浮动的色块中了……

后来，父亲把这幅画从厕所请到了客厅最显眼的位置。父亲常说陈能画出这么伟大的作品，让我们这一家“粗人”都为之感动，有朝一日他会大有出息的。果然，没过10年，陈成为我国著名的抽象派画家之一。他的画开始被许多美术馆和博物馆收藏，据说市面上每幅画已经卖到了百万元。陈还是常常带朋友来我家的餐馆吃饭，他早就不赊账了，还常常请父亲喝一杯他自带的洋酒。相识于贫微时的感情，不用太多的言语，一颦一笑中就能看懂。

有一天，陈忽然说想看看当初送给父亲的画。“这么多年来，那仍是我这一生中最满意的作品。”父亲将他带到了家中，一进客厅陈就大叫起来：“你把我的画挂颠倒了！”

我们一家人都不好意思地笑了起来，原来当年他忘记了签名，而我们都是些看不懂抽象画的“粗人”。陈取下画，转过来，郑重其事地在右下角签上了自己的名字。然后他半开玩笑地对父亲说：“哪一天你缺钱了，打电话给博物馆，他们会送钱上门并千恩万谢的。”

父亲很认真地说：“这幅画已经是我家的宝了，看了这么多年，我们已经有了感情。我虽然是个粗人，但是绝不会卖艺术和感情的。”

陈高兴地拍了拍父亲的肩膀说：“老哥，你真是我见过的最有文化的厨子。这幅画在你手里，真是值了。”

于是，这幅画就继续留在了我家的墙上。只是，我们一家人还是喜欢扭头来欣赏它颠倒过来的样子，就好像它本来就该如此一样。随着年龄的增长，看到很多鱼龙混杂的现象，我越来越感觉到父亲朴实话语中的真谛——一个人风雅与否，不在于他是否懂得艺术和美，而在于他是否有一颗敬畏和尊重的心。

路过你人生的朋友

王晓宇

闲暇时，打开手机，逐一理顺，会发现一大堆名字躺在手机通讯录里，有些名字很眼生，从来没有联系过，也从来没有通过话，那些名字上仿佛落满时光的尘埃，长满了青苔或者已经有了霉味。

怎么想都想不起来，根本记不得是在哪一次的餐桌上或聚会中遇到的，然后存下了号码，然后再也没有联系过。也根本记不得是在哪一次旅行中邂逅的，然后混入到朋友堆里……

有时候，也会看 QQ 上的好友，一个一个看名字，有实名有网名，有真名有假名，轰轰烈烈，热闹非凡，有上千人之多，可常联系的就那么几个，其他的名字有的知道是谁，大部分根本不知道谁是谁。

那些名字隐居在网络的背后，像一双双偷窥的眼睛，安静地沉默着，头像永远灰着、暗着。那些所谓的朋友，也许某次加上时说过一两句话，也许从来没有说过什么话，只因某种机缘凑巧加上了，然后又删除了，或者根本懒得删除，任其一直那么暗着。

每个人都会有一些路过你人生的朋友，多与少而已。他们也许是为了某种原因而来，但大多数都是因为机缘巧合，偶然遇到了，偶然认识了，偶然成了朋友，然后就那么安静地留在你的通讯录里、留在岁月深处，再无来往、再无交集，成为陌生的朋友、成为一次性的朋友。

某次，偶然碰到在某处遇到过的一个朋友，大家都叫不上彼此的名字，却指着彼此哈哈大笑：你不是那个谁谁谁吗？你最近在忙什么？在哪儿发财啊？怎么老也不见你？把大家都忘了吧？

其实也真的就是那个谁谁谁，因为根本记不住名字，却要装作很熟络的样子。转过身走出去很远，依旧怎么想都想不起，那人到底是谁啊？想想不由得笑了，可真能装啊！

这就是一次性朋友，这就是中国式的应酬，不管嘴上的功夫多么热闹、多么热情似火，内心里其实依然保持着冷静与理性。

钱锺书先生在《论朋友》里说："假使恋爱是人生的必需，那么，友谊只能算是一种奢侈。"可见说得不错，千金易求，一友难得，友情是一种很奢侈的感情，所以人这一辈子，真正的朋友并不在多，有三五个，足矣。

钱锺书先生百读不厌的是黄庭坚的《品令·茶词》："恰如灯下，故人万里，归来对影。口不能言，心下快活自省。"那种心里明白、嘴里说不出来的好，只能意会不能言传的，才是真朋友。

钱锺书先生推崇"素交"，他说："素交更能体现出友谊的骨髓。一个'素'字，把纯洁真朴的交情的本体形容尽致。素是一切颜色的基础，同时也是一切颜色的调和，像白日包含着七色。真正的交情，看起来素淡，却自有超越生死的厚谊。假使交往不淡而腻，那就是恋爱或者柏拉图式的友情了。”

所谓的“素”，在我理解，其实就是远离功利、远离某种刻意、远离某种用心，这样结交，才能称其为真正的朋友。一个“素”字，清、淡、雅、韵，却包含着其中的精髓。

不为功利而来，不为目的而来；只为懂得而来，只为相惜而来。没有肉的香，没有鱼的鲜，没有山珍美味……像素的底色上开出的一朵小花，像白雪世界，傲雪红梅，雪的冷与梅的香，相互映衬，越发清凛美好。

君子之交，当以“素交”为上。

岁月且行，时光知味

如果要问我还能活多久，我想说，别去找答案，因为未知，更要享受人生。

二一之徒

濮存昕

我小时候患过小儿麻痹症，这病也叫脊髓灰质炎。上小学时，有些同学给我起了个外号叫“濮瘸子”，这给小时候的我造成了心理阴影，所以我当时特别盼望毕业。还好在九岁那年，大概三年级时，我做了整形手术，之后不用再拄拐，叫我“濮瘸子”的人也越来越少了。

我从自己的处世哲学中总结出一句话，叫“博观约取，求冠居亚”。所有成功都来自厚积薄发，标准可以高，但一定不能锋芒毕露。这是我用五十年的人生积累悟出的道理。

这一点，我媳妇看得最明白。她说：“亏你小时候腿有病，否则指不定狂成什么样。”如果我各方面的条件都比较好，肯定会受宠，但偏偏有点儿缺陷，有点儿自卑，这样挺好。

家庭的影响和熏陶、个人的志向和努力、命运和机缘的巧合，这三点对我来说都重要，缺一不可。

我是在剧院里长大的孩子，很小就似懂非懂地看过戏，早就知道“戏比天大”的道理，我也喜欢用生命里最真实的直觉去表现新艺术、新戏剧。

演一个角色，就要向角色靠近。当讲述弘一法师生平的《一轮明月》演完时，我给自己取了个号叫“二一之徒”，意思是“一事无成人渐老，一钱不值何消说”——名利全都摆平，清凉极了，自己也进入了一个不为名利所扰的境界。

就这样，我演的角色和我的人生之间仿佛有了一种关系。《鲁迅》和《一轮明月》演完了，我突然间明白，演戏实际上就是阐述人生的态度，也是展示对生命本身的态度。

在演一个故事、塑造一个角色时，要注意在台上的言谈举止，能把故事讲明白不算完，想要得到更深层次和更高品位的观众的认可，一定要感悟生命，感悟个人和角色的关系。

我想达到演艺的高水准，所以我演鲁迅。我只是普通人、当代演员，但我必须演得像鲁迅。怎么像呢？除了化妆上的效果外，我的眼睛里、我的呼吸中都要有鲁迅的气息。

心情放松到什么程度，就能演到什么程度。放松是什么东西？是走向一个远离世俗的我，把自己埋起来，个人消失了。所以在拍《一轮明月》和《鲁迅》这两部作品的时候，我要脱离世俗的生活方式，必须和自己的世俗生命拉开距离，甚至是诀别。

人生什么最重要？有太多重要的事了，什么理想、责任、社会义务等等，但千万不要忘了还有一件特别重要的事——乐趣。你的一生是不是充满了乐趣，有没有结交一些有趣的人，是不是听过一些有趣的话和故事？

在人生充满了乐趣之后，碰到什么艰难困苦都不会觉得苦。这是我的人生体验。

限量版人生

黄竞天

一

我在欧洲读书期间，为了赚生活费，曾经做过兼职导游。我带了不少国内来的旅游团，这些团的客人虽然来自祖国大江南北的不同地方，但有两个共同点：其一是经济条件普遍不错，人手一只名牌旅行袋和奢侈品手袋；其二是不管他们操着什么地方的口音，下了飞机之后一定会问我以下几个问题：

“这里的奥特莱斯在哪里？”

“我要帮朋友带点儿化妆品，要去哪里买？”

“我听说这里的 ×× 名牌包很便宜，什么时候安排购物？”

虽然我很努力地安排了丰富多彩的游览项目，但城堡、教堂、博物馆对他们的吸引力，似乎远远比不上奢侈品专卖店。就算我费尽口舌地介绍各个景点有怎样的历史和底蕴，他们也不过草草拍了几张照片就意兴阑珊。

有一次，我问一个正在卖场像买白菜一样疯狂抢购名牌箱包的客人，为何千里迢迢地来到欧洲，却把时间都花在这些国内随处可见的品牌店里？她带着一脸难以置信的表情望着我，举起她刚刚抢购到的包说："怎么会一样呢？这可是限量版啊，无论是做工还是质地，都是国内买不到的。"

在那一瞬间，我很想回问她："那么你这一次所看到的风景、走过的道路、吹过的海风，何尝不是全球限量版的，为什么不好好欣赏？也许你这一辈子，只有这样一次宝贵的邂逅！"

但是我没有这样问，就像我不明白一个用动物皮制成的手袋为何能够受到如此疯狂的追捧，卖出比它的成本高出几十倍、几百倍的价格一样，她们也不会明白，这些看似普通的风景和日常的瞬间，究竟有什么意义。

二

很多追求"限量版"这三个字的人，实际上并不明白"限量版"这一概念的由来。

在维多利亚时代的英国，流传着不少关于英伦贵族的传说。其中一个，与皮鞋有关。

在那个时代，贵族阶级的绅士们大多都有几双价格不菲的皮鞋。这些鞋子都是手艺出色的匠人花很长时间和很多精力纯手工制作的，价格很贵，品质也很优良。如果是穷人家，一双鞋可能穿几个月就要换。但对于很少自己走路、又颇为爱护皮鞋的绅士们来说，一双皮鞋甚至可以保存十年、二十年。在主人日复一日的精心护理之下，时间久了，这样的皮鞋不仅是鞋主人独一无二的珍宝，也成了他们身份的象征。这就是最早的“限量版”。

我曾经看过一本人物传记，书里描写了一个旧时代的伦敦绅士，他的日常爱好之一就是擦鞋。对他们来说，使用历史悠久的旧物不仅不寒酸，反而能体现爱物惜物的绅士精神。

但到了如今，虽然我们身边有越来越多的人穿得起昂贵的皮鞋，但又有多少人能够对它们细心护养呢？几乎都是穿了没几年就已破旧不堪。而鞋子的主人也毫不心痛，大不了再买一双就是。那些匠人的辛苦、精选的优质鞋料，对他们来说和机器量产的工艺没有什么分别。他们只看到价格，看不到价值。也许，这就是为什么我们的身边不缺土豪，但少有真正的贵族。

三

一双鞋，经过几十年的岁月磨砺，成为绝无仅有的限量版；一段人生，同样也能够在时间的发酵下，变成独一无二的限量版。

说到限量版人生，我想讲一个设计师的故事。

她的名字叫 Phyllis Sues，今年已经是一个九十三岁的老奶奶了。单就名气而言，她算不上国际一流的设计师，但她有一段传奇的人生。说她传奇，并不是因为她是名门之后，或是有惊世之颜、倾城之姿，相反的，她倒像是一朵风雨中的野玫瑰一般。

她十四岁开始学习芭蕾，二十多岁的时候，成了一名百老汇的专业舞者。真正令人惊叹的，是她步入老年之后的人生。在大多数人都选择退休养老的年纪里，她却选择了不一样的活法。

五十多岁的时候，她创立了自己的时装品牌；七十岁学习作词作曲，并且学了意大利语和法语；八十岁开始跳探戈和秋千体操，从腾飞带来的灵感当中，创作出了人生中的第一首歌曲；八十五岁开始人生的第一堂瑜伽课；九十岁的时候完成了一次高空跳伞。

而就在去年，她在自己九十二岁生日的时候，和她的舞伴老师一起，给来参加生日聚会的朋友们表演了一场精彩纷呈的探戈。而这段舞蹈视频，通过互联网传遍了全球。当我在视频当中看到这位耄耋之年的老奶奶美丽而又优雅地出场，随着音乐步伐稳健地做出一个漂亮的旋转时，我不由自主地为她喝彩鼓掌。

所谓限量版时尚的重点是什么，是设计、颜色，还是材质？我认为都不是。它其实是一种有关生活的态度。无论是品牌也好，人也罢，最重要的都是灵魂。没有灵魂的设计不过是在堆砌衣料，而没有态度的人生不过是随波逐流。Phyllis 有这个态度。

四

买一个包很容易，但是要保持它常年如新，却考验着主人的功夫。

消磨掉一天的光阴很简单，但是要用和别人相同的时间，创造出专属于你的价值，却不容易。

就像每一个限量版的产品都是工匠心血的结晶一样，你的人生，也是你通过每一分、每一秒的累积，打造出来的独家限量版。

除掉睡眠，人的一辈子不过只有一万多天。所谓限量版的人生，就是充实、多彩地度过生命里的一万多个日子，而不是简单地将同样的一天重复一万多次。

未必奢华，但却独特；无须第一，但却唯一。

成熟的过程是那样不堪

赵瑜

前些日子，我买了些“爱心香蕉”，一来便宜，二来可以帮助那些辛苦的农人，便又多了些道义感。

香蕉取回来才发现，摘得早了，还没有成熟。在办公室里放了两天以后，丝毫看不出变化。有同事说，要买一些熟香蕉和它们放在一起，会熟得快。想想觉得有理，香蕉们在一起，大抵也会交谈的。

我便买了些熟香蕉，放在那几挂香蕉上。可是，又等了两天，熟香蕉表面已经变黑，“爱心香蕉”却仍旧不为所动。大约是性格不合，谈判失效。

同事查阅了资料，终于找到方法。将所有的香蕉装入两个纸箱里，并盖了厚厚的一层报纸，上面又搭了一块密不透风的布。两天以后打开来发现，最上面的一部分香蕉熟了。

成熟的香蕉表皮发黄，根部微黑，失去了青涩时的好模样。像一个孕育过孩子的女人，面色泛着黄油脂，青春不再。但成熟的香蕉确实是好吃的，剥开来，甜，色泽也好，入口的感觉像一段轻音乐，抒情，能形成我们对事物的好印象。

然而，没有成熟的香蕉还在下面。便又捂好了箱子，像是答应香蕉要保守一个秘密。

看着那些没有成熟的香蕉堆在一起的感觉，突然觉得，世间的事，大多如香蕉一般，从青涩到成熟的过程，是如此不堪。

曾采访过一个知名偶像派歌手。采访他的时候，他尚租住在北京郊区，名声刚给他带来福利，尚没有让他彻底摆脱贫穷。

他在地下室住了九年，在夜店唱歌，在地铁走廊里唱歌，在夜市大排档里唱歌，在公园里唱歌，在别人婚宴或生日宴会上唱歌……最穷的时候，他连坐地铁的钱都没有，买几个馒头，路过卖烤红薯的推车，说上些好话，借着人家的炭火将馒头烤热了，吃上四个馒头，然后步行近二十公里回到住处。

谈到屈辱史，他笑了笑，说，若没有理想，就没有屈辱，我被理想害了多年，好在上天没有抛弃我，不然，惨不堪言。他的手被琴弦割破过多次，声带坏过多次，被女友抛弃过多次。生活由一天又一天琐碎的时光组成，尊严只是伴随物，饥饿时，尊严自然被闲置起来。我能理解他对过往的叹息和长时间无助的沉默。

我采访他之前，他刚刚接受了央视的采访，并且节目在央视播出了。他租住的房子没有卫生间，大便要去公共卫生间，他说，旁边蹲下来一个人，侧脸看他，说，你不是那谁谁谁吗？

这就是他的现实。他最后说，如果有一天，我住到自己的房子里，我第一件事情是大哭一场。

看着他安静的脸，我想：这是要祭奠他曾经不堪的青春吗，还是将人生的页面翻过，重新书写？

成熟总是意味着经历时间的打磨，比如经冬的麦子，经过季节的变化、温度的起伏，才终于灌浆饱满，成为供养我们的粮食。成熟也意味着经过世间所有高温，或承受涅槃般的煎炒，或默默躲进蒸笼，才成为食物。

成熟也和人的身体相关，欲望与抑制，激情与持久。成熟意味着一个人内心渐次平和，不再因细小的诱惑而放弃追逐的目标，不再为即将到来的惩罚而逃避责任。

成熟意味着融化个体，不再独立于他人之外；成熟意味着褪去了虚伪，不再为证明自己而活得疲倦；成熟意味着已经拥有，所以不必和他人争抢利益；成熟还意味着懂得放下，因为人生的行程有限，不可能全部的景点都走一遍。

成熟自然是稳重而得体的现实描述，它像一壶陈年的普洱，初看时汤色混浊，细品却甘怡润心。一杯熟普洱，可以安心静气。茶本来也是青涩的叶片，是时间用慢火将一个生涩的茶饼暖热，这样，饮一杯熟普洱，我们仿佛和一段旧光阴在对话，我们会瞬间进入安静，觉得平淡也是欢喜。

日常生活的逻辑，我们总是以为那些光鲜而耀眼的人，从未遇到生活的窘迫。其实，哪一个人没有经历过如香蕉一样的青涩时光呢？

那些不为人知的努力，那些浸满了汗水和泪水的辛酸，正像被捂在箱子里的香蕉一样，在成熟之前，在味道变得美好之前，沉默无助，承受时光的黑暗，或者理想的破败。

美好是一个相对较晚到来的词语，它值得我们为之付出。而美好之前的不堪，注定是我们人生必然伴随的滋味。

无所事事不是慢生活

王欣

家里相熟的阿姨有个女儿，今年 26 岁，大学毕业后在北京工作，但三年里至少换了五家公司。

每次她辞职之前，都会约我出来倒一倒苦水，说起自己在公司如何不被重视、被老板压榨、被同事算计，甚至公司离家太远、考勤太严……最开始我还支持她换工作，但直到她要换第五家公司时，我才突然意识到：谁在公司没有经历过被剥削、被排挤、被轻视的阶段？每天早出晚归、准时出勤、完成工作，这难道不是每个人生活的常态吗？总之，这一切并没有什么好抱怨的。

终于，在她说到同事俗气、心眼多、合不来，决定第五次辞职时，我打断了她，劝说："任何人去任何公司上班，都是为了挣钱生活、积累经验，而不是为了去交朋友。同事只是为了完成公司目标而被商业契约绑在一起的陌生人，只要他做好他的、你做好你的，大家能共同完成工作就好。如果能成为朋友，那是良缘；不能成为朋友，下班了就一拍屁股各走各的，关起门来自己过自己的日子。至于他俗不俗、土不土，和你真的没什么关系。所以，我觉得你因为这个原因辞职挺不理智的，要不要再考虑一下？”

结果，小姑娘对我说：“不考虑了，上班太没劲了。我其实想过慢生活。去腾冲开个小咖啡馆，简简单单，也挺美好的。”

那次见面之后，小姑娘真的就打包离开北京，去了腾冲。看她的朋友圈，果然在当地开了个咖啡馆，每天拍猫、拍草、拍阳光，感叹这才是生活。不得不承认，有几次，我看了也的确很羡慕。

直到前不久，小姑娘打电话给我，支支吾吾说要借钱，说进入了淡季，没什么客源，但日常开销还是要付的。她实在不愿意再打电话向家里要，她妈只会唠唠叨叨，让她赶紧回老家找个正经工作，根本不理解她。

我沉吟了一下，给她转了一些钱，虽不是她想借的数目，但我让她不必惦记还了。挂电话前，我对她说：“别怪我帮你妈说句话——如果你的咖啡馆一直是靠花家里的钱运转着，那你过的就不是慢生活，而是啃老的生活。”

我今年决定辞去一切全职兼职、专心在家写一阵书的时候，好些熟人对我说：“真羡慕你，自由职业，想睡就睡，想写就写，真正的慢生活。”

我敢慢吗？我真的不敢。

我早上 7 点起床，迅速吃完早饭，便坐到电脑前开始写作。无论是整理书稿，还是撰写专栏，我都要保证在中午 12 点前这几个小时是心无旁骛、全神贯注的。

午饭后，我集中与各类刊社就约稿需求进行沟通——确认合作，协商修改，约定一切相关事宜。这些其实和我以往每天的工作内容一样：邮件往返，电话会议，见面沟通，案头落实——唯一的区别，只是办公地点不一样而已。

如果我能按时、保质完成当天的计划，那么，我的确可以自由安排剩下来的时间，买菜做饭、看闲书、喝大酒、玩玩儿狗什么的。如果我能在一段时间内都坚持认真完成计划，那也许我就有时间和闲钱出门旅行一阵。但，要是因为犯懒、松懈或者任何自找的理由，拖延了工作，我就得有那么几天不能好好睡觉，没日没夜赶工，并面临因此造成的脱发、爆痘、胃痛等一系列健康危机。

你想慢，但签过的合同、定死的时间不会慢，维持生活的种种消费不会慢，唯一能和你一起慢下来甚至彻底停顿荒废的，是你好不容易掌握的某种重要技能。

作家村上春树从 20 多岁出版了第一本小说后，至今 30 多年，不间断地写作、出版。他把自己的一天规划得井井有条：清晨出门跑步，然后写作直至中午，下午学习，晚上社交。很多人羡慕他整洁、温馨的书房，有唱片、吧台、各种小玩具。如果你能像他一样，每天坚持写作 4 小时以上并长达 40 年不间断，那么你也配拥有一间这样的书房——虽然里面堆满了好玩的一切，但当你工作时，你知道你不会受任何影响。

作家严歌苓也是如此。她说：写作是一种长期的自律训练。当你懂得自律时，那些困难都不算什么。我每天都会和自己结账，今天有没有做什么有价值的事，我不想荒废时间。当你看到我慢下来，那是因为我已经往前走了不少。

是的，所有你看到的，那些惬意、闲适、无拘无束、不受金钱困扰的慢生活，其实都是人生给予自律者的奖赏，是生活中某一个甜美的瞬间，却并不是全部与日常。

你敢慢下来，是因为深刻了解自己，然后，在其他人把时间用于工作、扯闲、无聊发呆，甚至猜忌谩骂的时候，你做完了便可以停下来，把剩余时间花费在一切美好的事物上。

慢生活，是有底气的自给自足，而不是好吃懒做的得过且过。

所以，当你再一次去了什么古镇旅游，被小镇一脸安详的居民和简单古朴的生活感动，觉得必须从大城市辞职，来这里安居乐业才不枉下半生时，请你认真地想一想：打动你的，是不是这种生活的表象？又或者，你有没有维持这种表象的资本？

开咖啡馆、卖私房菜、做最有品位的客栈老板娘……这些事情，统统是严肃的生意，需要精打细算、深思熟虑，做好完整的、可持续的商业计划时，才得以成立。若你把这些简单想象成一种生活方式、一条对抗朝九晚五工作的退路，很抱歉，那是一条死路。

又或者，你想彻底辞职，靠穷游环游中国甚至世界，你不怕风餐露宿、粗茶淡饭，甚至必要时可以上街卖艺……在你晃晃悠悠一阵后想重回职场、投入社会，却会因简历上断裂的一大段空白而被挡在大多数公司门外，于是居无定所、打零工，从你选择的生活方式变成了你以后不得不过的生活。这样，你也无所谓吗？

无所事事、碌碌无为，并不是慢生活，而是消极地活着。

人的一生就是“上山下山”

葛优

一直到十八九岁，我都不知道自己将来会是什么样。我爸演戏的时候，我经常躲在一边看。那时，我觉得自己可能一辈子都是忠实观众吧。

“文革”结束了，艺术院校招生，我好像忽然就知道自己想干什么了。考艺术院校时，主考官让我演一个动作：从后面捂女孩儿的眼睛。我太紧张了，捂住她的眼睛，手就下不来了。那女孩儿只好把情人见面的戏变成了抓流氓的戏。

我最大的特点是两个字：一是蔫，一是缩。我不像我爸，他脾气火暴，敢当着一千多人的面上台指挥。我打死也不敢。只要有什么活动让我出席，我就本能地往后缩。如果出席的人有十几个，我就本能地坐在最边上。出席活动，快到大厅门口时，我最紧张，好像一开门就会被机枪扫射似的。

但老那么惯着自己，也不行。都老大不小了，有人叫老师了，还那么羞答答的，不行。我也假装放松过，就想象自己在拍戏，效果似乎也不错，可总觉得太假了。我告诉别人，其实我不紧张。有人说："谁都能看出来，你满脑门子汗，说话磕磕巴巴，不叫紧张叫什么？"我索性老老实实说自己紧张，也不想老装大尾巴狼。这么一想，我反倒踏实下来。

如果时光倒流，我愿意回到刚成名的那个阶段。我很喜欢"上山下山"这四个字，我觉得人生用这四个字就能穷尽了。刚成名的时候是上山，上山时一切都是未知，你不知道自己会到什么地方，能到什么地方，你在上升的曲线上。人最美好的是追求的过程。你看世界上流传的最经典的爱情故事，都是没有结局的，如罗密欧与朱丽叶、梁山伯与祝英台。什么是结果？死亡才是真正的结果。也许等我再老些，就能接受日本人的美学观了——下山也是一种美，但现在我觉得没走到头的时候是最好的。

人的一生都是偶然。演《霸王别姬》我没得奖，演完《活着》，天时地利人和都该我得了，就得了。如果当时有什么别的戏出彩，也就没我的份了。

20 世纪 90 年代，人们不把那些高大全的人物当回事了，都想看到活生生的人。我有平民色彩，不虚伪。那时，中国人开始需要大批量的幽默，不想进电影院受教育。我代表了那时人们的心态：比较放松，比较乐观，也比较普通。谁也别想教育谁，大家都是平等的。那时经济发展，过去很多牢笼式的观念被打破。大家忽然发现，不是只有那些长得好看的、说得好听的人才重要，其实我们每个人都很重要。连葛优都能上屏幕，谁不能呢？

比起一些偶像明星，我觉得特坦然。我不怕年华老去，不用和狗仔队打游击，不用为了曝光率没事找事。我一是不想当老百姓的对立面，二是我也当不上，三是当上的代价太大，活着该有多累！

其实我最想做的事情是一个人待着。有朋友一拿起书，看两行字就晕了，我不至于那样，每天至少要看十几个剧本吧。我觉得还不够静，还不够让我拿起一本书就放不下，周围总有好多事干扰我。

我也爱热闹。比如喝点儿酒、聊聊天，没有什么利益关系的。我是最不怕听人说的，只要对方能侃，我就可以一直听他说下去，所以朋友爱找我喝酒。我最爱扮演的角色就是观众。每次喝酒，我说话很少，更多是看朋友耍贫。

我总是矛盾着，又想热闹又想静，是不是有点儿矫情？

生活的道理

〔美〕查理 · 芒格
李继宏 译

本文系美国投资家查理·芒格在南加州大学毕业典礼上的演讲。这位90岁高龄的老人，作为巴菲特一生中的最佳搭档，在过去的45年里，创造了有史以来最优秀的投资纪录。

我非常幸运，很小的时候就明白了这样一个道理：要得到你想要的某样东西，最可靠的办法是让你自己配得上它。

拥有这种精神的人在生活中能够赢得许多东西，不只是金钱和名誉，还有尊敬以及与他们打交道的人的信任。

另外一个道理——这个道理可能会让你们想起孔子——获得智慧是一种道德责任，而不仅仅是为了让你们的生活变得更加美好。

光靠已有的知识，你们在生活中走不了多远。因此，你们必须坚持终身学习。

就以世界上最受尊敬的公司伯克希尔·哈撒韦来说，它的长期大额投资业绩可能是人类有史以来最出色的。让伯克希尔在这一个 10 年中赚到许多钱的方法，在下一个 10 年未必还能那么管用，所以沃伦·巴菲特不得不成为一部不断学习的机器。

我不断地看到有些人在生活中越过越好，他们不是最聪明的，甚至不是最勤奋的，但他们是学习机器，他们每天夜里睡觉时都比那天早晨聪明一点点。

人类社会在几百年前才出现了大发展，在那之前，每个世纪的发展都几乎等于零。人类社会只有发明了发明的方法之后才能发展，同样的道理，你们只有学习了学习的方法之后才能进步。

再拿沃伦·巴菲特来说，如果你们拿着计时器观察他，会发现他醒着的时候有一半时间是在看书。他把剩下的时间大部分用来跟一些非常有才干的人进行一对一的交谈，有时候是打电话，有时候是当面谈，那些都是他信任且信任他的人。

仔细观察的话，沃伦很像个学究，虽然他在世俗生活中非常成功。

有许多东西是人们必须了解的。所谓的“许多东西”就是所有学科的重要思想。你们必须掌握许多知识，让它们在你们的头脑中形成一个思维框架，在随后的日子里能自如地运用它们。

如果你们能够做到这一点，我郑重地向你们保证，总有一天你们会在不知不觉中意识到：我已经成为我的同龄人中最有效率的人之一。与之相反，如果不努力去实践这种跨学科学习的方法，那么你们中的许多极聪明的人只会取得中等成就，甚至生活在阴影中。

自怜和嫉妒、怨憎、仇恨都是灾难性的思想状态。如果你们能够避开它们，你们的优势就远远大于其他人，甚至几乎所有的人。

在我年轻的时候，我会找出我尊敬的人，然后想办法调到他手下去。在你们正确地仰慕的人手下工作，在生活中取得的成就将会更加令人满意。

复杂的官僚程序不是文明社会的最好制度。好的制度是一张无缝的、非官僚的信任之网。没有太多稀奇古怪的程序，只有一群可靠的人，他们彼此之间有正确的信任。如果你们拟定的婚姻协议书长达 47 页，那么我建议你们这婚还是不结为妙。

从来不信这世间无路可走

伊心

昨天和H聊天，她开心地说：“我们住进新房子啦。”特意拍照给我看，书房的照片墙里有我们大学舍友的合照，窗台上一排绿色植物在明媚的阳光下青翠好看。

大学时，H的床铺在我的对面。她不止一次地跟我说：“我一定要在毕业后两年之内让我爸妈住上新房子。”我一直以为她只是说说而已，因为普通本科毕业生两年的工资之于几十万的首付，简直是杯水车薪。

没想到毕业两年后，她竟真的兑现了自己的承诺。

她母亲没有工作，父亲在她初中时得了脑梗死瘫痪在床，花了很多钱治疗。原本便是低保户的家境更是雪上加霜。父亲刚生病时，她请假在家，一个星期没去上学，回去之后发现班主任召集全班同学给她捐了款。

隔天正好开家长会，H上台发言，说了很多个谢谢，然后把那些钱全退了回去。我不知道当时年仅 15 岁的她说了些什么，只知道她说完之后，台下很多大人都落了泪。

H 说，从那之后她再也没花过父母的钱。她从重点中学转学到了普通中学，因为那所学校不仅不收她的学费，还给了她足够维持生活的奖学金。上大学时，她申请了助学贷款，并且经常出去打工，从每小时 30 元的家教到做各种各样的小生意。当然，做这些也没耽误她当学生会副主席。她是全院 600 多个学生人人钦佩的“厉害的人”。

她做任何事都任劳任怨。毕业前夕学院举办毕业晚会，她熬了好几个通宵剪辑视频，一点一点地做字幕，视频播放时那么多人感动得流泪，她也坐在台下安静地看，但知道她辛劳的没几个，她也不会说。

毕业之后她去了房地产公司上班，每逢开盘便加班，忙得团团转。为了早点儿攒够钱买房子，她跟我描述她的生活是“一分钱掰成三半儿花”。如今她不断升职加薪，但仍然穿最朴素、最便宜的衣服，仍然攒钱给爸妈买最好的东西。

今年“五一”我们小聚，我讲起我最喜欢的电影《百万美元宝贝》里的一段故事：热爱拳击的女主角拿到了艰苦比赛得来的高额奖金，却没有给自己买任何礼物，而是给妈妈买了新房子。没想到站在开阔明亮的新客厅里，她妈妈环视四周，气急败坏地喊：“你知不知道，有了房子我就拿不到政府的补助了！”她拿着钥匙的手颤抖了几下，原本期待欣喜的表情褪变成黯淡、绝望。

我跟 H 说：“我看到这一段的时候总是想起你，当然了，后半段不符合。”H 大笑：“后半段也符合，有了新房子，我们家现在也拿不到低保补助了，除非我从户口本上独立出去，因为房产证上写的是我的名字啊，哈哈……”

她一定不知道，在我苍白贫瘠的生活背后，因为她，因为她爽朗的笑声和弱小但蕴藏着巨大能量的背影，我竟凭空多了不知多少勇气。

在《我比谁都相信努力奋斗的意义》那篇文章中，我写了另一个大学舍友，她和 H 一样又坚强又磊落。

实际上，我还有好几个大学舍友，其中一个是一年四季都坚持每天 5 点 30 分起床，或锻炼或学习，带领院队连续三年夺得校女篮冠军的勤奋小姐；还有一个是自学日语，一年通过了二级，在上海过得金光闪闪的灿烂女孩儿。

而在我的研究生女同学中，有人是《一站到底》某一期的“站神”，有人第一年就拿到了年薪 20 万的 offer（聘用信），有人开了自己的公司，有人 25 岁便博士毕业。

没有名校光环，没有倾城的容貌，也没有手眼通天的父亲。她们在自己选择的道路上踽踽独行，一步一步前往那个最想去的终点。在芸芸众生中，她们是那么普通，却用尽全力活出了最好的自己。

我在她们身边度过了成年之后最重要的时光。看着她们实习时起早贪黑，在寒冬大雪中的公交车站瑟瑟发抖；看着她们写论文时殚精竭虑，在浩如烟海的文献中一步步攀爬；看着她们工作后兢兢业业，在偌大的城市里找到微弱但温暖的光芒。

某次聚餐，几个男同事评论某银行女客户经理“付出了很多”，终于成了支行副行长。烟雾缭绕中，他们一水儿难以掩盖的啤酒肚，读书时的意气风发、炯炯目光消失殆尽。

我悲哀地在心底发出感叹，不管传言是真是假，为何男人破格晋升就掌声一片，而女人便要承受流言蜚语、质疑和指责？

相比起来，我更欣赏身边的这些女孩儿对学习、对职场、对生活的态度。

她们在“剩女”被肆意调侃的世界里坚持着宁缺毋滥的原则，毕业经年仍然保持着清澈的眼眸；她们在女博士被称为“第三性”的时代里守护着做学问的单纯，对枯燥无味、没有尽头的学习生活保持着最初的热情。

她们似乎天生具备一种独特的韧性，在荆棘遍地的大环境里，既不呼天抢地，也不故步自封，积极适应着种种残酷的法则，然后在孤独又狭窄的夹缝里倔强地成长着，直至幼弱的蓓蕾终于绽放出散发幽香的花朵。

我也不喜欢一个老气横秋的同学每每带着怨气絮叨：“这个国家有点儿问题了……”

相比起来，我更喜欢这样的坦言：“在我成长的岁月中，日子不是一天比一天匮乏，反倒是一天比一天有希望，这是我们那一代人的幸福。”

她并非盲目闭塞，她只是看到在这片广袤的土地上，“忧患与安逸，悲剧与欢乐，永远并存”。

前几天看书，书中讲到有一名大学生对大学教育充满了失望与不满，财经作者吴晓波说：“办法其实只有两个：一是逃离，坚决地逃离；二是抗争，妥协地抗争。”

他说到自己在复旦大学读新闻系时，将数千篇新闻稿件肢解分析，一点点学习新闻写作的方法。因为老师说知识每一秒钟都在更新，所以他将自己关进图书馆，然后一排一排地读书。从一楼读到二楼，再从二楼读到三楼，最后读到珍本库。

如今他说：“当我走上社会，成为一名职业记者的时候，我一点儿也不抱怨我所受的大学教育。到今天，我同样不抱怨我所在的喧嚣时代。我知道我逃无可逃，只能跟自己死磕。”

而我也愿意相信，无论酷暑隆冬，无论受难与否，日日都是好日子。在我们至为短暂的生命里，希望并非聊胜于无的东西，它是所有生活的日常。

改用廖一梅在《恋爱的犀牛》中的一段话，它是温暖的手套，冰冷的啤酒，带着阳光味道的衬衫，它支撑着我们日复一日的梦想，让如此平凡甚至平庸的我们，升到朴素生活的上空，飞向一种更辉煌和壮丽的人生。

既然逃无可逃，就一起死磕到底。

我想，总会有一条路能带我们走向最想去的地方。

直面衰老，理解生命

夏学杰

过了 35 岁，我就越来越真切地感受到老之将至了，“岁月不饶人”，古人的这句总结得真是精准。白头发悄然增多，眼角纹真的深了，记忆力大不如从前，总是丢三落四。不怪乎约翰·亚当斯 37 岁时就以老人自居，有人请他赴波士顿演讲，他说：“我年事已高，不克复做大型演说。”

面对自己的衰老，我们很无奈。面对亲人的衰老，我们又很无助。前几日，我父亲的左手不太听使唤，我和妻子软磨硬泡，他才听话去医院做了检查。结果是，才两三年的光景，已从腔隙性脑梗变成双侧脑梗，更要命的是 CT（电子计算机断层扫描技术）显示有小脑萎缩症状。尽管大夫告诉我这是老年病，但我还是无法接受父亲一点点衰老的事实，泪水直涌。也正是在这个时候，我才想明白秦始皇为何那么热衷于长生不老药。我不住长吁短叹，妻子说，最反感我叹气的样子。可是，我叹气并不代表泄气、放弃，我从没有停止过努力，只是觉得世间之事并非努力就都能做到。

步入中年，人越发敏感起来。《流放的老国王》一书，看得我几度落泪。“我如同在慢动作电影中，看着父亲慢慢滴着血，生命一点点从他身上渗漏出去，整个人的品质和个性一滴滴从这个人的身上渗漏掉。”这样的描述，有多少当儿女的会感同身受？作者阿尔诺·盖格尔的父亲患有老年痴呆症，虽然依然充满活力，拥有不失幽默的智慧，但是疾病让他慢慢丧失了记忆和理智，也逐渐失去了自己的生活。他就在家里，可“要回家”的渴望无时不在。“父亲就像被流放的国王一样，不知所措地四处乱窜。”其实，就是不得病，老人亦是如此。陈丹青记录木心最后时刻的文字中有这样一段话：“终于，到那一刻，他很乖，被扶起后，凛然危坐，伸出手，签名有如婴儿的笔画，‘木’与‘心’落在分开的可笑的位置，接着，由人轻握他的手指，沾染印泥——先生从来一笔好字啊，人散了，我失声哭泣……”

据《世说新语》记载，谢安对王羲之说：“人到中年很容易感伤，每次与亲戚朋友别离都会难受好几天。”王羲之说：“晚年光景更是这样呀，只好靠丝竹管弦娱情养性、排遣胸怀，还总怕儿女发觉，破坏了他们的兴致。”老人不仅是易感伤的，更可能丢掉原有的品质。同事说，最愁放假孩子没人带。我问：“不是还有她姥姥在家吗？”她说：“我母亲陪孩子，就是一人一台电视。”她的母亲当了一辈子教师，按理说，应该懂得孩子常看电视的危害。可就像阿尔诺的父亲，生活已“散发出的是麻木淡漠的霉味”，“他觉察到自己已经失去控制能力，无法把握事物，便索性摆脱一切的责任。整天玩纸牌或者看电视，而不去给园子里的西红柿浇水”。

“子在川上曰：逝者如斯夫！不舍昼夜。”想想我们的生命在不停地老去，的确挺可怕，虽说生命正因为有限才有意义——正如阿尔诺所言：“我觉得生命之所以有吸引力，其中一个原因就是死亡。死亡让我对世界上的很多事物看得更清楚。”不过这个“有限”实在是太短了。

昆德拉说：“我们称之为生命的那无可回避的溃败，在它面前，我们唯一能够做的就是理解它。”阿尔诺写道：“我想，挺住就是一切，这比战胜病魔更加重要。”诚然，未来你我不可获知，你我又不能掌控世界，别说世界了，就是自己的命运又几时掌控过。有时，除了挺住，我们别无选择。

有人说：爱父亲，为他朗读这本书。这本书，在我看来，不只是一本忆述亲情的书，更是在试图思索“人之存在”。阿尔诺说：“如果人类长生不老，那么人类将思索得更少，当人类少思索时，生活便不妙了。”

人，在思索中珍惜地前行吧。

从死亡里回溯人生

曲冰

袁君的人生，被一场突如其来的葬礼劈成了截然不同的两个世界。那场葬礼之前，袁君是大连电视台的一名记者，过着有选题忙死、没有选题死忙的高压式生活。

2004 年，特别报道组的一个同事因过劳猝死，台里委托袁君为其做一个悼念的片子。袁君怀着巨大的悲伤整理了同事职业生涯里采编的所有的新闻报道，制作得很用心，她想通过这种方式为同事加兄弟的人生完美收官。片子的解说词后来被同事的家人看到，他们希望将其作为同事葬礼上的悼词，而袁君成了葬礼上当仁不让的主持人。

葬礼简朴厚重，在哀乐声中，袁君读着为同事写的悼词："他总是在每一条新闻播出之后努力地思考，看看整个事件是否还有继续跟进的可能，看看自己在每一个细节的处理上是否还有缺陷。他说，这既是一种职业要求，也是一种人生态度——成功有时就是一种为难。

“或许，直到骤然离去，他依然没有实现他想要的成功。可是，一个人，在他活着的每一天都努力超越自己，这种坚持本身就已是了不起的成就。尽管他没有来得及问自己是否令自己满意，可是，我们可以替他回答：他来过，很优秀……”

葬礼结束时，同事的爸爸紧紧地握住袁君的手说：“谢谢你，你比我们更懂他。”那天回到家里，袁君没有像平常一样上网看素材、找选题，而是破天荒地进厨房做好了饭，然后在楼下等老公和女儿回家。

袁君没有跟他们提及同事的葬礼，只是这场葬礼在祭奠一个生命逝去的同时，也让袁君对自己的人生有了新的认识。

袁君说自己如灵魂开窍般明白了，一辈子没多长，下辈子不一定能遇上，我们能在一起的时光原来这么短暂，趁还来得及，一定要不留遗憾地去爱。之后，袁君很快因为朋友之托主持了第二场葬礼。逝者是一位书画界的名人，袁君时常在电视上看到这位老先生的身影。袁君想对老先生的生前亲友进行一番采访，但很少有人配合。大家关心的，是那些巨额财产如何分配以及自己能够分到多少。

尽管如此，袁君还是通过查阅一些资料给老先生写了一篇悼词。葬礼上没有人在意袁君说什么，遗体告别时，小三儿们与原配的家人打作一团。从死亡的角度回溯人生，过去所执着的一切，该有多么荒谬和可笑。

如果你懂得向一个人的死致敬

袁君主持葬礼的名气渐渐在大连传开。2010 年年底，一位亿万富豪的妻子找到袁君，希望袁君能给她老公主持葬礼。与生前的风光相比，那位亿万富豪死得很仓促，抑郁症在他 45 岁时夺去了他的生命。

他的妻子给袁君看了逝者生前大量的日记，这些日记深深震撼了袁君。财富对这位逝者来说早已成了数字，他的使命是管理这堆数额庞大的数字和数百名员工的命运。很多事务已经与个人喜好和利益没有多少关系。他完全可以选择停下来，换一个职业。袁君觉得，如果他真的这样做了，一定会成为一位非常优秀的作家。但他没有。他依然每天只睡三四个小时，一边处理集团内部的争斗，一边应对来自市场的压力。

袁君读着这位亿万富豪生前的日记，想着与这位富豪一样匆匆的赶路人，敬意有之，叹惋有之，悲凉亦有之……

逝者已矣，但袁君决定做点儿什么来改变还活着的人。

在这个富豪的葬礼上，袁君公布了他一天的开销，这个数字甚至还不及一个中产之家小孩子一天的花费。他拼命赚钱，却丝毫享受不到金钱带来的愉悦。他在日记中写道，他的快乐竟然来自一次汽车在路上的意外抛锚，他让司机等拖车来，自己则一个人步行去公司。他惊奇地发现，路边有那么多有趣的店面，他甚至看到了迎春花。

他说："如果没记错的话，我最后一次见它应该是在大学毕业那一年，同学们看到迎春花开了，一起去踏青。"

袁君在悼词里写道："他不是在车上，就是在飞机上，也有可能是在会议室里。他的生命自从承担起百人的企业之后，就再也没有了四季。他最美丽的记忆不是赚得第一桶金时的激动，也不是公司十周年庆典上的高朋满座，而是那个步行的午后，那一路惊奇的发现。我想，最后的时光里，他一定为自己铺设了一条芬芳的小路，芳草鲜美、落英缤纷。他应该是笑着走过那条通往天堂的小路，甚至还哼起了歌……所以，在此，让我们一起向死者致敬。"

那是袁君第一次在葬礼上听到掌声，她知道那不是对逝者的不恭，而是大家情不自禁地用这种方式表达内心最真挚的尊敬。

一种活法叫向死而生

葬礼是一种道别，而道别并不意味着绝望。袁君印象最深刻的一次道别，是为一位德高望重的高中校长的葬礼做主持。老校长姓肖，享年85岁，这位老头儿风趣幽默，生前最爱热闹。

校长的老伴在商量葬礼仪式时，没有向袁君提出任何的要求，只是很认真地讲了老校长生前的点点滴滴。

在老人家细细碎碎的述说中，袁君知道了老校长其实已经身患四种癌症，生命对他来说已经是沉重的负担。可每一次濒临死亡，他还是会顽强抗争。

袁君没有将老人的告别仪式选在殡仪馆里，她想这不是一个如此特别的老人想要的告别仪式。

冥思苦想过后，袁君决定开一个派对，就在老校长的家里，让每一位来送行的人都讲一件与老校长有关的、最有趣的事——让大家微笑着给老校长送行，也让这位老先生带着微笑上路。这个想法令老校长的夫人落泪，她对袁君说："你应该算老肖的最后一个知己，谢谢你。"

一百多位来宾，每个人都应要求穿着自己最漂亮的礼服，看上去仿佛是一场盛大的颁奖典礼。整个葬礼没有哭泣，没有哀乐，每个来宾讲述了一段他们与肖老的往事。

一位邻居说："我住在肖老家楼上，家里有个不打就不练琴的孩子。每天，让他练琴之前我先打骂他一番。后来有一天，肖老上楼来敲门，给我儿子带来了许多礼物，有书有玩具。肖老对我儿子说：'我在你楼下，每天免费听你弹琴，这点儿礼物算是感谢吧，谢谢你让我每天都可以听到那么优美的琴声。’从此，我再没有为练琴的事打过儿子，他因为楼下有双欣赏他的乐曲的耳朵而变得很努力。这是我儿子刚刚通过钢琴十级考试的证书……”肖老多年的老友有一天突然造访，恰好肖老刚洗完澡，于是，老友看到了肖老稀疏的头发，胳膊上因化疗、放疗而粗黑的血管，老友顿时泪如雨下。肖老却笑着对他说：“一会儿让你见识一下化妆的魅力。”整整一个小时，再出现在老友面前的肖老，又像往常一样利落潇洒。肖老对老友说：“我天天都在做这种化腐朽为神奇的事，我觉得挺快乐的。身体糟粕，但灵魂体面。”

整个派对，大家一直在微笑中追忆，在一种感而不伤的氛围里，分享着老人给每个人的人生带来的无穷教益。

袁君说：“谢谢大家的故事，请相信，这样一个头发丝里都透着智慧的老人从此会让天堂里也充满欢声笑语。”

很少有人能把葬礼主持人这样一个职业当成爱好，最开始有人找上袁君时，她总会想方设法拒绝，而如今袁君却有求必应。两年了，她在葬礼和葬礼之间来回，主持了将近百场葬礼，如同在近百人的生命里穿梭。她说，她就像活了一百辈子，体验了百味人生。现在的她很感谢这份工作给予她的一切，一场葬礼浓缩了一个生命从出生到死亡的全部，每一段故事对袁君来说都是养分。

从死亡的角度回溯生命，会懂得如何更好地活在当下。

生命中最美好的告别

〔美〕苏珊·史宾赛温德
廖月娟 译

从幸福的巅峰跌落

我每周工作40个小时，为《棕榈滩邮报》跑犯罪新闻。另外40个小时一样忙得团团转，做家务，在孩子们吵架时当仲裁，接送孩子们学乐器……我以为幸福快乐能一直延续——看着孩子们一天天长大，参加高中舞会、大学毕业典礼，看他们结婚生子，接下来自己退休，就这样过完几十年的人生。

2009年夏天的一个晚上，我正准备上床，不禁盯着自己的左手。“噢，天啊！”我叫道。我举起左手，它看起来苍白干瘪，好像即将死去。

当我从神经科初诊回来，丈夫约翰查了资料，提到一个病名：肌萎缩性脊髓侧索硬化症。为了证明我没得这种病，我开始了长达一年的医院之旅，希望得到不同的答案。我也开始了长达一年的逃避，我不想承认自己是渐冻人。

我变得虚弱无力，提不动公文包，改用有拉杆的商务箱。同事跟我开玩笑说："你是不是觉得这样的行头比较像律师？"我无言以对。

2011 年 1 月，我注意到我在刷牙时，舌头会抽搐，怎样都停不下来。

2011 年 6 月，我终于决定去看神经科医生。去看医生的前一晚，我在心中预演明天的悲剧：如果真的是得了渐冻症，一定要坚强，不掉泪，不崩溃。

迈阿密大学医院 ALS（脚萎缩侧索硬化）治疗中心的主任维玛医生翻看了我的病历，问了我几个问题，要我做了几项肌力强度测试，然后靠在椅背上，说："我认为你得了渐冻症。"我早就预料他会说什么，也计划好要怎么回应……然而，我却哭了起来，我止不住眼泪，就像停不住的呼吸或心跳。

我好不容易平静下来，打出手中的王牌：干细胞。全世界的科学家都在努力研究用干细胞治疗退化性疾病。我的两个儿子出生之时，我储存了他们的脐带血。也许，这些干细胞可以派上用场。可维玛医生说，他的病人当中有 45 人到国外接受干细胞治疗，没有一个人治好，也没人得以延长寿命。

我早就想过，不管怎样，绝不为治病拖垮一家人。

自杀的想法翩然来去

足有一年多的时间，我相信我一定能克服难关。但那年春天，我还是放弃了。

我想象自己很快就无法走路，不能进食。我不能拥抱我的孩子们，甚至无法告诉他们，我爱他们。我将陷入瘫痪，但我的心智却毫无减损。因此，我会刻骨铭心地体会我失去的点点滴滴。我不管做什么，都一直想着可怕的未来。其实，我最害怕的倒不是死亡，而是得完全依赖别人才能活下去。对我的家人和我爱的人，这将是多大的负担。

自杀的想法像蝴蝶，一度在我心底翩然来去。不久，它就飞走了，我也忘了这样的念头。但它第二天、第三天又飞回来了，因为我的心就像一座精心培育、芬芳缤纷的花园，免不了招蜂引蝶。

我在网络书店订了两本关于自杀的书，我也发现瑞士有一家“尊严诊所”可协助得了绝症的病人安乐死，太好了。但我读到诊所的规定：“请求本诊所协助自杀服务者，至少要有一点儿行动能力，如自行服药。”我连拿杯子都有困难，也吞不下他们为我调制的药物。毕竟，食道也是肌肉组织，有一天将难逃完全僵化的命运。

有一天，约翰在书桌抽屉里发现了我买的有关自杀的书籍。我老实告诉他：“我只是随便翻翻。我曾有过这样的念头，但我不知道要怎么做。”“拜托，苏珊……”“放心，我不会做这种事的，我不会让你承担这种痛苦。”我停了一下说，“我也舍不得让孩子们痛苦。”我想，我的死不至于毁了家人的一生，但是我死亡的方式会深深影响他们。

我无比清醒地回顾了自己的人生，我嫁了个好老公，还有一份乐在其中的工作，我知道自己的身世，我在襁褓时期即被一对善心夫妇领养，他们对我视如己出。我在 40 岁那年终于见到了我的生母，不久我也见到我生父另组的家庭，我知道我得渐冻症并非遗传而来。我还活着，就算只有一年的时间，至少还有一年可以健康、快乐地过日子。

我做了个决定，一定要好好利用剩下不多的时间，去我一直想去的地方，体验我渴望的每一种快乐。从今天起，我要为我的家人盖一座回忆花园，将来他们在这里悠游时，可以回想快乐的往昔。

珍惜当下的每一刻

2012 年 9 月 9 日是我儿子韦思礼的 9 岁生日，他的生日愿望是，和海豚一起游泳。

我答应 3 个孩子，他们可以在这一年的夏天任选一个地方，我会带他们去玩。我希望与他们共度欢乐时光之时，在他们心中撒下记忆的种子，让这些种子在他们的未来萌芽、开花。这不只是给他们的礼物，也是给我自己的。

7 月，我和女儿玛莉娜去纽约旅行。8 月，我们全家去佛罗里达西岸的萨尼贝尔岛玩了一个星期，这是我 11 岁的儿子奥伯瑞的心愿。

这几次旅行其实只是我计划的一部分，这一年，我下定决心要快乐生活。我在这一年和我生命中最重要的 7 个人完成了 7 趟旅行，与丈夫重回新婚之地布达佩斯度蜜月，到塞浦路斯追寻生父的足迹，和好友赴加拿大追逐极光，带着正值青春期的女儿试婚纱……

这一年，我也在内心深处探索：我在剪贴簿贴上这一生珍藏的相片，写下我的感触，还在自家后院用棕榈叶当屋顶盖了座棚屋，创造了一个舒适的小天地。我常坐在那里召唤回忆，或是与朋友相聚。

韦思礼的愿望是最简单的，这也是我最后一次出门游玩。我们开自家的小休旅车，从家里出发，3 个小时后，即抵达南佛罗里达奥兰多的探索湾。探索湾主题乐园中有一个巨大的人工泻湖，除了沙滩那边，其他则由岩石环绕。园区枝叶繁茂，青嫩翠绿，当中有着一棵棵高耸挺拔的棕榈树。在我眼中，棕榈树的叶子就像绿色烟火，预示即将来到的欢乐时光。

海豚训练师带我们进去，一只灰扑扑的巨兽冷不防在我们眼前冒出来，它有张平滑的灰色脸庞，加上亮晶晶的黑眼珠和长长的吻部，嘴角微微上扬，好像在微笑。它上上下下摆动瓶状的鼻子，告诉我们：“快来跟我一起玩吧！”韦思礼简直乐疯了，胡言乱语地跳来跳去，兴奋得不知所措。

我们在训练师的引导下与海豚辛迪接触。辛迪慢慢游过我们身边，让我们抚摸它那滑溜溜的身躯。训练师要我们举起手来，就像要收钓线一样，辛迪看了就会发出快乐的声音。韦思礼在训练师的帮助下抓住辛迪的背鳍，把身体放平，跟它一起游泳。

我们拍了很多相片，我很爱这张：约翰在水中抱着我，让我可以亲吻辛迪。我不能站立，在水中也一样，约翰只好把我抱到水中，他得一直抱着我，我才不会沉下去。日后，我每次看到这张照片，总想到每天把我抱起来的那个温柔的巨人。我也想到我的孩子们，他们的快乐丰富了我的人生；我还想到不时逗我开怀大笑的姐姐和友人；我想到韦思礼，我大概无缘和他共度他 10 岁的生日了。

我不再落泪，不再为我失去的一切悲伤，我陶醉在快乐的回忆中，露出微笑。如果要问我还能活多久，我想说，别去找答案，因为未知，更要享受人生。

所谓天生的不足，都和自己有关

李尚龙

直到今天，我的同学在聚会的时候，还是会很羡慕地跟我聊我的生活，羡慕我说走就走的旅行以及独立的经济基础。而我，总是会跟他们说，我只是做了一件大家都想做的事情而已。他们会把这一切归功于我的英语好，他们说如果英语说得跟我一样好，早就可以做自己喜欢做的事情了。我只能无奈地笑笑。由此我想到两个故事：一个跟一位师兄有关，另一个和我有关。

我们要的是你和你的能力，和学历无关

这个师兄跟我一样，考上了军校，和我不一样的是，他是因为家里贫困缴不起学费而来到了这个地方。在家里，他看《新闻联播》和《士兵突击》，认为部队的生活会像电视剧里演的那样，充满着活力。来到军校的第一天，

他看到的东西却让自己久久不能平静。每日的叠被子、打扫卫生、队列训练让他无暇顾及自己的梦想，他被现实推着走，而这条路的终点，完全不是他想要的。

他郁郁不得志，身边有些同学上课睡大觉、下课玩游戏，因为他们认为现在学习的高数、物理、英语这些学科，对自己今后带兵打仗没有任何作用。那段时间，为了合群，他也玩游戏，不一样的是，他会思考，这些游戏是怎么弄出来的。

大一上学期，学校允许考计算机二级，所有人都在背题库，而他认真地把每个代码打了出来，然后编出了自己想要的程序并且让它运转了起来。他长期和计算机教研室的老师探讨一些问题。结果，他不仅通过了计算机二级考试，还通过了英语四级、网络工程师考试。那段时间，因为是群居生活，他的每一个行为都被大家看在眼中，大家都觉得他像一个神经病一样每天背一些看不懂的代码。回到宿舍，大家更是冷嘲热讽地跟他说："你把程序编得好有什么用啊，以后还不是照样要带兵，你能跟士兵讲代码吗？"他默默地承受着一切，把一些记不下来的代码写在小纸条上，在训练之后不停地背诵。每天晚上，他都会很晚睡觉，等到全队睡着了，他再带着满脑子的代码睡去。

他就这样过了两年。一次，他把一款游戏运用到了手机里面，他兴奋地发现这样就可以通过手机玩游戏了虽然技术不是很成熟，但他发现这个东西竟然是自己琢磨出来的，他隐隐约约地感到，这个创意很棒。一天晚上，他看着夜色降临的北京和灯光明亮的高楼大厦，他想，会不会有一天，他也能在某个写字楼里有一个自己的位置，拥有这座城市的点滴。

大二的暑假，他去部队实习，山里的信号不好，他很担心自己投的简历会石沉大海，他更焦虑自己的小发明不能被人赏识。

一天中午，在全队人都睡着后，一个电话打来，他站在房顶上，以微弱的信号接到了这个电话。这个电话是微软的 HR（人力资源专员）打来的，那人在电话里说："我们想要你和你的这个创意，如果可能的话，这周来我们公司面试吧。"

他说明了自己的情况，说自己去微软就得退学离开部队，可是如果自己现在退学，就没有本科学历。"你们介意吗？"

那边笑了笑，说："我们要的是你和你的能力，和学历无关。"

他挂了电话，流下了眼泪。

接着，他一个人回到北京，加入了微软。他发挥了军校赋予他的品质，坚韧地每天加班，努力地工作、学习，一个月后，他去银行取钱，第一个月的工资是两万，他打电话给自己的母亲，笑着说："妈妈，我能养活自己了。"

这世上，除了自己，没有人能决定你的命运

2008 年，我考上了军校，和那位师兄的感觉一模一样，那个时候的我也发现自己就像一棵苹果树长到了梨园里面，与环境格格不入。

那段时间，我唯一想做的，就是外出，看看外面自由的世界，而一个宿舍每周只有两个外出名额。我在这样的规章制度下生活了很久，一次偶然的机会，我参加了一场英语演讲比赛，那次，我获得了全校第二名。我开始明白，我学英语或许是有一定天赋的。

我只记得，无数个日子，我把自己关在一个空教室里，对着墙不停地背诵英语单词，假装下面有很多人在听我演讲，每天自言自语成了习惯。后来，我报名参加了中央电视台的"希望之星"英语演讲比赛，从初赛到

复赛再到决赛，最终我获得了北京市第一名、全国季军。在比赛现场，我认识了很多人，其中一个，就是新东方的领导。

离开军校的故事我不愿意多讲了，那段时间，因为《中国军工报》上都是我的信息，我又立了二等功，所以在那三个月，我觉得全世界的人都在反对我退学。幸运的是，我明白了自己喜欢的日子原来是在路边吃大排档，大晚上开始喝酒喝到天亮。

退学后，我被送回家。爸爸来接我，我上去拥抱了他，眼泪不停地掉，爸爸说："你受苦了。"我说："不，我自由了。"

对后来的生活，我很满意，我有自己喜欢的生活，有一份不错的工作，能做自己喜欢的事情，更重要的是，我爱的人逐渐都回到了我的身边。

特别巧合的是，一次偶然的机会，我认识了第一个故事里的那位师兄。那天我们坐在一起，喝了两杯酒后，我感叹说："你的故事让我走到了今天。"他说："这世上，除了自己，没有人能决定你的命运。"

的确，我们经常在每日的生活中抱怨，说父母没有给我们好生活，说高考没考好不得不在这样一个自己不喜欢的大学里待够几年，说没有钱去当背包客。可你是否想过，你才是自己生活和青春的主宰者。如果你还在抱怨生活没有给你这些，那么，为什么不用自己的双手创造一种你想要的生活呢？为什么不从现在开始练出一技之长，为转变生活轨道做准备呢？为什么不把重要的事情做完，把不重要的事情直接取消，腾出时间去做喜欢的事情？为什么不马上开始打工存钱，为背包游做准备？当迈出第一步后，你会惊奇地发现，那些所谓天生的不足，都和自己有关；而你自己的生活，也只有自己能够控制得了。

当然，你的未来，除了你自己之外，没有人可以改变。

不要放弃人生的投票权

艾小羊

说起叶德娴，人们似乎只记得她老年的样子，刘德华的干妈、桃姐……其实她年轻的时候，以唱歌出道，1983 年已经在红馆开过嗓，罗大佑为她量身定做的歌曲《赤子》曾经红遍香港。她的大半生，走得不算顺利，值得庆幸的是，命运的凉薄并没有摧毁她心里的骄傲。

叶德娴的母亲是妾，她从小长得漂亮，能歌善舞，却因为特殊的身份而敏感、自卑。“小时候，跟妈妈出门逛街，看到一双特别漂亮的手套，5 块钱，我求妈妈给我买，妈妈坚决不肯，我就想，长大后要给自己买。现在我有很多了。”

因为在家庭中得到的温暖有限，叶德娴谋生很早，主要是在歌厅里唱爵士，歌声低沉有力，全无小女孩儿姿态。18 岁，她结婚。怀第二个孩子的时候，丈夫外遇，彼时，他们的感情已过了七年之痒，人们劝她，既然已经有两个孩子，丈夫也并未拿外面那个女人为难她，忍一时可风平浪静，她不肯。

叶德娴选择了为自己而活，她忍受不了在破碎的梦里继续扮演幸福的女主人，也没有耐心修复与一个不尊重自己的男人之间的关系。想必男人真的不想离婚，却又实在给不了她想要的生活，离婚大战一打就是 7 年。

33 岁，她恢复单身，养家糊口的压力使她不得不接更多的演出，骨子里却又骄傲地不肯为任何人、任何工作低头。她拿了很多奖项，却始终没有大红大紫，有人说她怪异，有人说她孤僻。一度，她远走美国，并且交往了一个外籍男朋友，终是没有走进婚姻。这一次感情的失败使她真正看清了自己，她开始练习一个人生活，尝试与内心深处那个自己做朋友。

一个人吃鱼蛋粉，一个人看病，一个人乘地铁，每晚 8 点上床睡觉，凌晨 4 点起床爬山。周刊小报找不到素材时，会将镜头对准她，落寞、孤单、凄凉，无非是他们对一个不再年轻的单身女人能想出的最平庸的形容词。除了出席晚会或颁奖礼，她的确总是打扮得如同路人，白 T 恤，五分短裤，平底鞋，双肩包邋遢地挂在胸前。她不打针不开刀，无论脸蛋还是身材，都呈现她那个年龄的人应有的状态。除了购置各种漂亮手套以外，她在穿衣打扮上几乎没有开销，一件 T 恤穿 5 年，“布料越穿越软，最后可以直接拿来擦相机镜头”。

她可以花数十万元买一个天文望远镜，追着狮子座流星雨跑遍半个地球，她还打“飞的”去世界各地看白鲸与大白鲨，却舍不得把钱花在穿衣打扮上。她既过了情关，也过了与人攀比这一关，“每个人适合的东西不一样，你可以说命运如何，但我觉得我就适合现在这样的生活，我都不需要子女为我养老送终”。

所谓刚烈的性格，最简单的诠释就是不肯迁就。叶德娴人生中还有一件大事是退出歌坛。她以唱歌出道，最后转向影视，因为对香港唱片业失望，尤其厌烦做歌手本职之外的事情。她靠唱得好行走江湖，靠歌声换来生活费，若唱片公司高层要她陪酒卖笑，她宁愿回到歌厅。“不过是打一份工，没有必要那样委屈自己。”她因此失去了很多在旁人看来十分重要的机会。

人生转眼入秋，她一个人，有片约的时候拍片，没有片约的时候带着内心深处那个名为“自我”的朋友，安静地待在某处。

她甚至预料了自己的晚景，或许与桃姐一样，默默消失于世界某处的某个养老院，身边没有亲人。

人的一生，委屈像一枚枚硬币，情谊则是一个浑圆的“扑满”，年轻时，你积攒了多少委屈，老来就能享受多少情谊。

两个人的生活要磨合，一个人的生活要练习，两者其实并无高下之分。我们习惯于认为两个人磨得皮开肉绽胜过一个人练得闲云野鹤，因为我们都想活给别人看，在旁人眼中，作死的热闹也比平静的孤单好看，因为热闹总有办法诉说，而孤单常常难以表述。

“我活在自己的世界里，我无法按照世俗的标准去生活。”

叶德娴不是世俗标准之下幸福的女人，却像星光，提示我们比美好与幸福更重要的，是自由——每个人对自己的生活方式都有投票权。

写给怕走弯路的你

古典

生涯规划，的确能帮助人们躲避风险，少走弯路。但是人生真的有直路吗？或者说，一条直线的人生，真的幸福吗？

1993 年夺得 NBA 总冠军后，已拥有 3 枚冠军戒指的乔丹开始觉得篮球生涯变得平淡，“没有什么可以挑战的了”。乔丹对于篮球的热情开始减退。

1993 年 8 月，乔丹的父亲詹姆斯开车前往一个朋友的葬礼。回来的路上，他把车停在一个小镇上休息。两个年轻的歹徒盯上这辆车，抢劫并枪杀了他。

噩耗传来，乔丹陷入毁灭性的打击。

乔丹和父亲的关系很独特。他们既像父子，又像兄弟，他们会一起打高尔夫，聊天泡吧，甚至偶尔一起去小赌一把。

在父亲去世前一年，他们曾经讨论过关于打棒球的事情。他父亲对他说：“别再打篮球了，为什么不试试看，给棒球一个机会呢？”那正是他父亲教他的第一项运动。

父亲的离开推动了乔丹想要做些什么的念头。他的选择是在一片唏嘘中退役，半年后，他开始了棒球手的职业生涯。

乔丹没有辜负父亲的期望，他把对待篮球的认真和努力加倍带到了棒球场：他是棒球场上最努力的人。

“每天，他是第一个到达赛场，又最后一个离开的人。”他的教练说。乔丹会每天早上 6 点到达运动场，自己练习，在队友来之前做一些训练。然后练习击球前向后引 34 盎司（0.96 公斤）重的球棒 300 次至 400 次。在一天的训练结束后，乔丹还会对他的击球教练说：“我们可以再练一会儿吗？我觉得我已经有点儿上手了。”

这样努力的乔丹，是不是如某些大师所说，人生无极限，努力就一定能成功？

很可惜，真的不是。1994 年 4 月 8 日，乔丹首次参加职业棒球比赛。但一个赛季下来，他在参加的 127 场比赛中，击打成功率仅有 20.2%；30 次盗垒，114 次被三振出局。在 436 次击球中只打出 3 个本垒打，50 个有效击球。成绩徘徊在棒球运动传说中的挫败底线“门多托线”附近。

人们对此恶评如潮，有运动周刊用他来做封面说：“乔丹让棒球难堪了。”另外一部分人则说：“至少他在尝试。”对于这些声音，乔丹，那个曾经为了胜利不顾一切的乔丹，他自己怎么看？

教练有点儿担心乔丹，他问：“你的感觉如何？”乔丹说：“我每天早上起床，给自己做份早餐，然后开上车，去球场开始晨训。当时路上一个人都没有，我看看旁边的位置，我看到父亲。我会对他说话，说：‘爸爸，我们可是在一起打棒球哦。’”乔丹内心深深地享受这份宁静，他的棒球生涯是献给父亲的，并不精彩，但很温暖。

在父亲离开的头两年，他重新触到了自己在篮球场上无法触及的生命的温度。乔丹的生涯走出一个巨大的曲线，父亲的离开让他直面生命的其他维度，他决定遵循自己的内心，为自己和父亲打两年球。谁又能说，那两年的乔丹，那个在篮球场上宛若上帝亲临，却在棒球场内四处碰壁、灰头土脸的乔丹，他的手指上，没有戴着自己心中的冠军戒指？

生涯无直线，当你看到一个人在高度、深度上都没有什么发展时，也许他并不是在堕落，他只是在填充自己的内在维度，找回自己的平衡。

很多人不懂得这个道理，他们认为如果一个人既没有提升，也没有变得更加专业，那就一定是在无所事事、不务正业。其实也许那个人正在你看不到的维度努力挑战着自己的极限，修炼着自己的功力。

乔丹几乎集中了所有人觉得可以成功的理由：为父亲出征的意志，对于胜利的渴望，无人怀疑的强大自制力，比别人都努力的投入以及优秀的运动员天赋。

但是这样也无法让他超越个人极限，成为棒球好手。一个人一辈子，也许只能在一个领域成为绝顶高手。

乔丹的收获是什么？

我想乔丹的收获有三。第一个是父亲的心愿已了，他可以安心地打篮球了。第二个是他在棒球场上深刻地重新认识了自己的篮球天赋。第三个是他了解了失败，更加珍惜成功。

正如公牛队的主教练杰克逊所说：“我想打棒球的经验是让他重新回到篮球场上的原因，他理解他被赋予的天分，在（篮球）这项运动中，他如此与众不同。”你敢说，这不是一次伟大的成功？

所以回到文章的开头，我想现在的你也如我一样，能够很坚定地回答那个问题：如果乔丹没有去打两年棒球，那么他一辈子也许只能拿 3 个冠军戒指。

人生不一定每一步都要走直路，因为弯路上有我们必做之事。

生命，在路上

小屯

不当记者，卖掉房子，12年，126个国家，两次战争，两次车祸，两次被持枪抢劫，1次飞机迫降，1次政变，69场婚礼，怀孕7个月的时候还在路上，生产后带着3个月的孩子继续走……

合适的出发时刻，基本没有

大学毕业后的洛艺嘉在一家报社当记者，她这辈子有两个愿望，一是周游世界，一是当作家。在她出门旅行前已经出版了3本小说，而她却觉得自己的生活乏善可陈。有一天，洛艺嘉和办公室的人说：“你们看这世界，每天发生那么多事。而我们的生活，却一成不变。”

这个有点儿“巫气”的人说完这话，家里就发生了15年来最大的变故。姥姥在没有任何预兆的情况下突然病故。还未从姥姥的辞世中释怀，老爸就被诊断患上癌症。洛艺嘉向单位请长假，找北京最好的医生，学针灸、学病理，疯了似的求偏方、找仪器，能想到做到的，统统试过了，也许真的是孝心感动了老天，被宣布已经没有手术必要的爸爸，奇迹般康复。

然而，那段心力交瘁的经历让洛艺嘉深深感受到人生无常。洛艺嘉决定提前去实现周游世界的理想。

宵禁夜，与新人狂欢

洛艺嘉辞掉工作，卖掉自己在北京的房子，带着护照，一个人踏上从小就向往的非洲。

在非洲，单身漂亮的中国女子并不多见，她遇到一系列匪夷所思的“礼遇”：正在散步，有几个姑娘突然为她献花；走在街上，突然跑出来一群孩子把她团团围住，让她寸步难行；去动物园参观，大家都来看她，而不去看动物；经常会遇到对面的人冲她微笑，手舞足蹈比画着，向她打招呼。

性格中的随性洒脱让洛艺嘉在异域感觉颇为自在，从来不会有陌生感。因为受人欢迎，洛艺嘉很容易便走进了非洲人的生活。她最喜欢的是体验普通人家的生活，参加各种能参加的婚礼。那时科特迪瓦最大的城市阿比让正在经历内乱，叛军已经占领了70%的国土，满街都是持枪的军人，城市实行宵禁，晚上7点以后禁止出行，不管什么人，7点以后还在街上的，抓住就打。在闷热的夏季午后，洛艺嘉在一家酒店发现酒店庭院有婚礼的告示，不顾朋友的反对，她跑到庭院里去看婚礼的热闹。她正在那里看婚礼现场的摆设，远远过来一群男男女女，歌着舞着，就把她围在了中间，邀请她一起跳。她跟着学起来，看起来颇简单的扭屁股舞步，却不容易学。周围的人还是围着她，偏要教会她。一下午玩得高兴，不觉过了宵禁的时间，再要赶回去也来不及了，正在焦灼着，新人邀请她参加晚上的狂欢：“不用担心，我们给客人包房过夜的。”就这样，洛艺嘉在满城警戒的宵禁夜，与新人一起度过了快乐美好的时光。

沙漠、落日、草原……她一点一点去领略这片土地带来的震撼。一个人行走，没什么缜密计划，更因为不受行程所限，喜欢的地方，她干脆一住三五个月。在卡萨布兰卡，洛艺嘉曾经在一个当地人的家里住过三个月。下午，细细感受庭院里植物的香气；黄昏，聆听全城响起的诵经声；落日中，看肯尼亚的香奈河边，姑娘们汲完水，爬上很高的山头。

剑指劫匪，抓阄选药

旅途中，有美景也有麻烦，尤其是当一个单身女性独自行走时。

在南非的约翰内斯堡，她住在一个朋友家。一天，门铃响起，一个黑人自称是修下水道的，于是，她开门让他进来干活，就自顾自忙去了。过了一会儿，她发现那人竟在一个没有下水道的客房里乱翻……洛艺嘉明白是遇上抢劫的了。“不知有多久，我脑袋里一片空白。定了定神，我就悄悄走到朋友的卧房，从墙上取下那柄都铎时期的长剑，直冲进劫匪所在的房间，大声说：‘知道我为什么不叫警察吗？’望着惊愕的他，我用尽全力装作镇静自如，笑着说：‘因为我解决起你来，会比警察更快。’出乎意料，他既没有掏枪，也没有招架，只是摆手，不停地说：‘小姐，别，别……’”其实，来非洲之前，洛艺嘉从未碰过刀啊、剑啊这些玩意儿，她说：“真不知道中国功夫在非洲兄弟中这么出名，竟然轻易地吓住了这个强盗。”

在西非一个人行走的时候，因为被蚊虫叮咬感染了病毒，洛艺嘉浑身忽冷忽热。而这时周围只有原野，她好不容易找到一处窝棚一样的地方，昏沉沉睡过去。后来才知道，窝棚的主人——一个老婆婆喊来了一个当地人，这个人完全不认识洛艺嘉随身携带的药箱里面的药，就用抓阄的方式选了一种，没想到竟然选对了，把她的命救了回来。

洛艺嘉在科特迪瓦非洲发展银行行长家里做客的时候，一队穿迷彩服的士兵端着AK-47步枪冲进行长家的院子。士兵们跳墙进入隔壁国防部部长居住的院子，几声枪响后，国防部部长丧命了。枪声越来越密集，几个地方，兵变同时开始，战争爆发了。之后的每天，洛艺嘉和当地人一样，都在爆炸声和枪声中度过。

非洲有50多个国家和地区，洛艺嘉去了42个。有相当长的时间，在非洲旅行，除了战争、抢劫、疾病，坐飞机也是大问题。在非洲，机龄在30年以上的飞机仍继续飞。加上低成本的航空公司对飞机保养欠缺、飞行员培训少、管理混乱……所以，洛艺嘉笑称："如果没坐过'战斗机'（若干次俯冲、拉升，再俯冲、再拉升），那真不算在非洲飞过。再坚强的神经，在飞行员'高超'的飞行技术下，都会一根根断掉。"

"虽然每天都在死人，数百万人流离失所，但当地人该干什么还干什么。节日照样过，盛大婚礼照样举行。不管发生什么，他们似乎都能安然面对。的确，但他们简单、快乐，坦诚得可爱。他们也许是文盲，却能像智者一样面对贫穷、疾病、痛苦和生命的自然本色。"

你永远不知道，转角遇见啥

洛艺嘉去澳大利亚参加朋友的婚礼后，从墨尔本自驾到袋鼠岛。"蔚蓝色的大海、沙滩、礁石、峭壁、牧场……你永远不知道下个转弯处有什么在等你，更想象不到一场车祸正等着我。"洛艺嘉苏醒过来时，已经在医院的病床上，右小腿胫腓骨开放性粉碎骨折。

在西奈半岛的军营参观时，洛艺嘉被一个士兵非礼摸屁股。“我当时想也没想就把士兵的枪抢下来，对着他，本来只是想阻止他的行为，谁知，枪走火了……万幸没有伤着人。”

在塞内加尔，因为急着赶飞机，又打不到出租车，洛艺嘉便和小伙子们一起冒险扒车。

在南非开普敦，洛艺嘉第一次“弹尽粮绝”，等朋友来南非给她带救急的 4000 美金。结果在海关，钱被没收了。知道这个消息，加上连日遇到的种种艰辛，洛艺嘉放声痛哭。“偏偏就在这时候，新年狂欢的队伍过来了。欢快的队伍似乎能感染一切，我发现自己很快就和他们又唱又跳地‘嗨’在了一起。”洛艺嘉想起这段经历来仍然笑嘻嘻的。

洛艺嘉坦陈，很多艰难会让她有放弃的想法，但雨后的彩虹是那么美丽。洛艺嘉说起曾在葡萄牙遇到一个老人：“他安享着幸福富裕的晚年，但他告诉我，45 岁那年，他曾被挫折压得快要承受不了，准备放弃生命。一个雨后的早上，他来到一片田野，准备最后再看一眼儿时给他梦想的地方。他看到，泥泞中，一个脚印里的水映出蓝天。他说：‘没有过不去的山，只有停下的脚步。亏得我活下来，生命中还有这么多美好的事情。’”

也因此，洛艺嘉始终相信，坚持下来，自然别有天地。也确实，因为数历险境，她似乎更热爱生命，也更懂得生活。

带着女儿，一起走

2009 年，洛艺嘉和自己爱人的小宝贝出生，在女儿满三个月之后，在先生的理解和支持下，她再次踏上旅途，还带上了女儿。偶尔，先生也会在工作之余和她们一起踏上奇妙的旅途，感受不一样的生活状态。现在，她已经和女儿游遍五大洲，途经了 37 个国家。女儿能说一口流利的英语，非常享受在路上的时光。“孩子就像天生的旅行家，你完全感觉不到她的疲劳，她在路上也很少生病。旅行让孩子更加独立、包容和开朗。”洛艺嘉说。

当然，有了孩子以后，旅行方式跟从前有所不同。首先，带着这么小的孩子，速度一下子就得慢下来，对居住地和目的地的舒适度要求也会比以前高一些。“以前租住的是公寓，早上自己做完饭吃饱了就出门，中间可以不吃也不休息。有了孩子就不一样了，她中午或下午必须得睡觉。而且孩子慢慢长大，不再只是跟随，她有自己的想法、喜好。所以，在考虑去哪里、怎么玩的时候，我会把她的兴趣、爱好放在和自己同等的位置。”

问起洛艺嘉会旅行到什么时候，她说，可能到孩子上学的年龄就会回国定居，但是，行走不会结束，假期仍然可以选择走出去。

“我的天性就喜欢行走，没有什么能阻止我的脚步。有时候在外面累了，遇到危险的时候，也想过要结束这种居无定所的生活，但是很快，我又会被未知的世界所吸引，再次踏上令我兴奋和快乐的旅程。

“在北京，我能注意到的声音，似乎只有路上汽车的隆隆声。但在旅行中，我能听到小鸟的婉转叫声、蛙鸣、清泉流淌的叮咚声、瀑布飞溅的轰鸣声、原野上的风声、淅沥的雨声、脚踩在雪地上的嘎嘎声……旅行如生活，有山穷水尽的困顿，也有柳暗花明的回转。调整计划，知道取舍，懂得收放，便可以从容自如。如果一时冲动，不能保持清醒，那么做出的决定不会是最好的，甚至是不正确的。

“旅行就像人生。不可预测，但充满惊喜。

“很长一段时间，我住在地中海岸边一个小岛的岬角上。美丽、纯净的地中海，一天一个颜色。很多时候，它是七彩的。冬天，漫山的野花开了。

春天，金合欢树开出满树的黄花。夏天，木槿、蜀葵、扶郎花……我之所以浪费笔墨回忆这里的花，是因为在这仙境般的海边花园，我常常散步一个多小时，都看不到一个人。而我最想做的，是让我的亲人、朋友一起来分享这一切。”

我们都在世间修行 *

佚名

一

2011 年，我博士毕业，和妻子同时在一所二线城市的大学工作。两家的基本生活条件，都属于三线小城市的富裕家庭。

2011 年 10 月，岳父给妻子打了个电话，先是寒暄，说是想我们了。妻子觉得不对劲，追问之下，岳父说已经确诊，他是肝癌加胆囊癌加胰腺癌。几个关键器官，都发现了癌细胞。以前我们觉得，癌症距离我们好遥远，没想到自己身边的人会患癌症。妻子和我商量，要尽最大努力在经济上给

* 这篇文章源自知乎网的一个问答——“中国真的有很多穷人吗？”其中一个匿名用户的回答得到了 4000 多条网友的评论。作者没有正面直接回答，却道出了一段坎坷而感人的经历。

予支持。

当时，我的工资大概每年 8 万元。有机会，我就去给自考生、成教生讲课，每节课 60 元，每年能多挣 2 万元。拼命找朋友、师兄、师长做项目，每年能再多挣 5 万元。我和妻子在 2011 年，年收入大概 20 万元。

20 万元怎么用的呢？岳父手术，我们立即拿出 5 万元；随后的跟踪治疗，每月至少 1 万元；每个月生活费、营养费 5000 元。到 2011 年年底，我们大概花了 8 万元。平时去医院的路费、住宿费就不算了。我母亲非常支持我们，时时给我们贴补。

生活突然变得很困难。去代课的机构外边有家炒面，我爱吃鸡蛋，加一个鸡蛋就觉得很幸福。在网上买裤子，100 元 3 条包邮，刚好够夏天换洗的。有时候下课晚，要赶火车，太堵，直接叫个摩的，冬天特别冷，刮得脸疼、头疼。不敢生病，因为要花钱。每个月辛苦代课的钱和学校的工资，拿到手至少 1 万元。这些钱，都不舍得花，要准备老人看病的医疗费用。妻子一直穿着几年前大学读书时买的羽绒服，仔细看袖口，都磨出内胆，她就穿着这样的衣服，走上冬天的大学讲堂。

每个月挣的钱，两个人加起来很厚了，送到医院却显得那么薄。

二

2011 年 11 月，在岳父手术之后不久，妻子怀孕了，她年纪不小了，医生建议一定要留下。2011 年年底，放寒假之前，学校给每个老师发了一箱橙子，当时我在外地出差，就安排妻子找我同事帮忙搬到家。妻子脸皮薄，自己提着箱子，不舍得打车，去赶公交车，结果导致先兆流产。2012 年的春节，我们一家都是在医院度过的：岳父在老家省会医院继续治疗，妻子在医院静躺安胎。春节的城市，人很少，我穿梭在家和医院之间。那个冬天，真冷。我给妻子买了生排骨，在家煲好，送到医院，妻子的第一句话就是：“多少钱一斤啊？”

妻子怀孕7个月的时候，还在讲课。孩子出生两周后，妻子就上班了，孩子没有喝过母乳——学校有产假，能休一个学期，但只发基本工资的80%，每月大概只有2000元。

这一年，最快乐的事情，是岳父在有生之年，见到了外孙女。岳父很疼爱我们的孩子，每次见面都抱着，爱不释手。

三

2013年大年初二，我们去岳父家拜年，他拿出酒要跟我喝，被岳母拦下了，他又夺了过去，说：“还能和孩子喝几次酒啊。”家里有病人的春节，是人生的一种凄凉。

其实大年三十的晚上，妻子就提出要去岳父家看看。当时我说一起去吧，妻子拒绝了，说：“你就在家陪爸妈，带孩子吧。”很久以后，妻子告诉我，那年大年三十晚上，岳父又开始发烧，打摆子，岳母一个人都按不住。

2013年端午节，岳父的精神很好，我们一起出去散步、聊天，他还有兴致让我找家好馆子。癌细胞最后的扩散速度非常快，似乎一夜之间，就长满了身体所有的器官。岳父很坚强，后来化疗不能做了，做微创，把肋骨敲断，定点烧癌细胞，他用手抓着手术床，疼得快把牙咬碎了。

2013年7月，岳父走完了人生的最后一段旅程。岳父是医院的“抗癌明星”，但也没敌过死神。他临死的时候，已经痛得昏迷了，注射吗啡都没用。人最痛的时候，中枢神经会自动把痛感调低。我问过医生，癌症有多疼？医生想了一会儿说，万蚁噬骨。

岳父去世那天，学校还没放假，妻子和我加班把手头的试卷阅完。晚上 9 点多，妻子的电话响了。放下电话，妻子沉默了一会儿，趴在我怀里，说了一句：“爸爸没了。”

我脑海中呈现一幕幕图景：岳母搀扶着岳父，赶大巴去医院；两个人相互搀扶，到医院餐厅吃饭；岳母和大舅哥在医院奔波，找医生、找药。几乎每次到医院，岳父都坐在床上，拿着前一天的住院清单，戴着老花镜，安静地看着，轻声地唏嘘，略带负罪地看我，打招呼。每次我离开医院，都告诉自己，坚持，再坚持……

四

岳父去世后，我开始反思自己的人生。我想，我有必要开始全心全意地做一件属于自己的事情了——我想去更大的世界。家人也赞同，经过这次生死劫难，每个人都觉得，原来我们的小康之家是如此脆弱。

2014 年 3 月，我正式从高校辞职，到一家公司担任执行总经理，年薪保底 30 万元。我到新公司报到的第二天，妈妈告诉我，爸爸从 2013 年年底开始，几乎每天下午发低烧，持续两个月了。经过岳父的事情，我当时很冷静，肯定是癌症或者其他重疾。

到医院检查，没发现癌细胞，大家松了一口气。骨髓穿刺做了两次，最后查出来了，是血癌。每天的治疗费用，平均 1 万元。

其实，苦难的人生距离我们很近。

当天就凑够了住院费。我爸爸兄弟 3 个总共有 10 个孩子，大伯家 5 个，二伯家 3 个，我们家两个——我有个亲姐姐。爸爸住院用钱太急了，即使卖房子，也需要时间。妈妈给堂兄、堂姐打了电话，每个人都直接打过来两万元。我有个发小，外企高管，从小在我家吃爸爸做的饭菜，他直接打过来 10 万元，说：“这个钱，是给爸爸看病的，不用还。”爸爸的几个好朋友，也跟我要卡号，说：“这是给我大哥看病的钱，孩子你不用管。”

当时我们所有人都那么“忙”，姐姐在爸爸住院的当天生孩子，我给姐姐一打电话，她就哭。我说：“如果爸能挺过这一关，我们俩要做好骨髓捐献的准备。”姐姐说：“捐我的！”姐夫很孝顺，有空就去医院。爸爸去世那天，姐姐刚出月子。

五

我爸爸的治疗时间非常短，只有 35 天。妈妈一直陪护着他，医生嘱咐要吃高蛋白食物，妈妈就每天去菜市场买条鱼，自己亲手做。爸爸去世前两天，和正常人一样，只是稍微虚弱一点儿，和他交流，完全看不出任何病态。我问他：“疼不疼？”他说：“就是难受。”

爸爸去世当天，我对他说：“爸啊，我得回公司看看，刚到新单位，担心人家有意见啊。”爸爸说：“你走吧，没事，这边人多。”走到高铁站，我给四堂哥打了个电话。电话接通的那一刻，我忍不住放声大哭，说：“哥，我撑不住了！”四堂哥说：“放心吧，我和你嫂子一直都会在。”

我是中午 12 点走的，晚上 6 点陪一个朋友吃饭时，妻子打来电话，说爸爸不行了，妈妈在找救护车，准备往老家拉。我没见到爸爸最后一面。等我赶到老家时，爸爸已经换好了寿衣，冰冷安静地躺在那里。爸爸只是个普通人，没什么大本事，但人缘很好。当天，熟悉的、不熟悉的亲戚、朋友，全来了。

爸爸的最后一顿饭，是和我吃的。爸爸去世的前一天，妻子和我陪他。我问他：“爸，中午你想吃啥啊？咱吃面条好不好？医生嘱咐了，不能吃太油腻的东西！”爸爸似乎有点儿生气，说：“面条不好吃，买点儿肉吧。”

我就问护士能不能吃肉，护士想了想，说吃吧，增加蛋白，可以的。我到饭店订了个猪肘子，要了一个素菜，两个米饭，打包回来。我们爷儿俩把一个肘子，差不多两斤，全部吃完。这是爸爸辛苦一生的最后一餐。

生老病死，是最自然的，但也是最令人痛苦的。万物生于尘土，复归尘土。

爸爸走得太急了，让我们所有人都措手不及。爸爸是我的精神领袖，是我最爱、最敬重的人。他死后这一年，我几乎每个礼拜都能梦见他。有时候在梦里，我就摸他脑袋，很凉。我见过很多癌症患者的家属，他们都和我一样，有个习惯性的动作，就是摸病人的脑袋，如果哪天病人不发烧，就是我们最大的幸福。梦里，我对爸爸说："爸，你不发烧了，你好了啊！"爸爸说："是啊，我好了啊！"

六

治疗癌症的很多特效药和进口药是不报销的，很多手术费用是不报销的，化疗使用的药物和调节性的药物，大多数也是不报销的。岳父总共花了 100 万元左右的医疗费用，大概只报销了 35 万元，剩余的 60 多万元，我们出了 30 多万元，亲戚给了约 10 万元，岳父自己的钱有十几万元。

一分钱难倒英雄汉，钱解决不了所有问题，但它能带来相对的安全感。我们这一代人，从小努力读书，成年后努力工作，背后的动力就是摆脱"穷"，摆脱包括经济、机会、心智等各个方面的"穷"。命运的可怕之处在于，它总在人最得意的时候，不经意地同你开个玩笑。上大学的时候，我总喜欢给世界贴上自以为是的标签，比如，有钱的生活应该如何？社会应该如何？别人应该如何？慢慢地磨炼，学会了不说话，低着头，隐忍地活着。也正因为怀揣着对未来的希望，才不断追求、不断进步。人生那么短，其实没什么好抱怨的，努力了、争取了，也就欣慰了。人生真正的穷，是人生穷短，给我们的时间太短、机会太少，来不及爱，人就老了。

我和父亲、岳父的感情都很好，他们两位也经常小聚。岳父 2011 年手术后，我和妻子把他接到我家住了一段时间。岳父的身体太虚弱，我们又太忙，每天都是爸爸给他做饭。两个老人，都没活过 62 岁，都是拼命工作了一辈子，退休金拿了不到两年。妻子和我都是 80 后，在父母可以享受天伦之乐的时候，痛失亲人，这种痛苦，是把心一片一片切碎的感觉。有时候，半夜我们之中突然会有一个人起身，坐在床边，默默地哭泣。我和妻子明确了一件事，如果将来我们俩得了绝症，就不再治疗了。

有条件就多生孩子吧，人能保证自己年轻时能干，但谁也不能保证自己老了不得病。老有所养，不是个腐朽的传统，而是一种生活的方式。岳父生病时，如果没有大舅哥，我不可能在外边安心赚钱；爸爸生病时，如果没有姐夫，没有一群堂兄弟，没有一群好朋友，我撑不下来。

死亡是人生大苦，也是人世间最大的公平。任何人都不免一死，死却不是负面的悲剧，而是呈现出一种悲壮：渺小的人类，知晓个体命运终结的必然，却依然飞蛾扑火般地抗争，每一簇小小的火苗，构建了人类今天的文明。生死真苦，但这是生命的常态，我们都会这样老去、死去，在尘土中滋养新的生命。给自己一个理想、一个希望，让这段孤独的旅程，显得有光。短短人生路，我们都在世间修行。

你总会信仰些什么

白岩松

当我们翻开一本书，要在翻开的这本书里头寻找到什么呢？这个话题似乎要从我们刚刚来到这个世界时开始说起。当人生的这本书刚刚翻开，在未来漫长的岁月里，在这本书里，我们又要寻找到什么呢？也许两者的答案有很多是相似的。首先，翻开一本书，我们希望知道自己是谁，我的家乡在哪里，而世界又在哪里。

如果我不打开书，我会以为世界就像我生活的这座城市一样，有草原，有森林，有很多和善的人。但是当我打开书我才知道，《上下五千年》里有那么长的历史；当我打开书的时候，我才知道在《一千零一夜》里还有另外一个跟我们完全不一样的世界；当我打开书的时候才知道有好人、有坏人；当我打开书的时候才知道，北京、江苏、四川或者其他的地方是什么样。了解的事情越来越多了，这个世界开始变得越来越大了，结果一个又一个少年该如同我一样，开始向往外面的世界。若不是因为书，你怎会知道世界是个什么概念，即便后来当你的年岁足够大了，当你到达一个又一个陌生的国度，你发现一切似乎没那么陌生，因为早在白纸黑字上，早在字里行间，早在曾经翻开的一本又一本书当中，你已经很亲密地靠近过它，世界变得不再那么遥远，也不再那么陌生了。

说起来真的有意思，总有人问我，对我影响最大的一本书是什么。我的答案永远是一样的，当然是《新华字典》了。如果没有《新华字典》，没有从最简单的一个又一个汉字开始认起，一直到后来，我怎么会有勇气、有能力翻开一本又一本或厚或薄的书呢？如果我不能翻开那些书，我的很多困惑、我的很多未知怎么能在我的面前陆续解开、呈现呢？成长是什么？成长不仅是年岁慢慢增长，更重要的是内心所累积的一个又一个问号慢慢地得到答案。

当你的答案越来越多，当你的问号开始慢慢地被抻直的时候，你就是在成长。小的时候你可能在读《十万个为什么》，获取了一个又一个答案。如果没有那些书，答案不出现在你的面前，你就永远像是一个仰望星空的孩子。虽然在这一生当中，保有好奇，保有疑问是一件重要的事情，但是，在你成长的过程中，如果你的一个又一个问题不能得到解答的话，成长怎么可能变成现实呢？从你最初好奇一加一等于二，到后来一加一等于二不再是一个简简单单的数学题，而是人生，是大的哲学，是你如何去捍卫常识。当别人因为自己的利益，能喊出一加一等于三，甚至等于四的时候，你还有勇气去坚持说一加一等于二。你想想我们走了多远的路程了，从最初只是一个最简单的小学的数学题，到后来与常识、与正义、与真理有关，如果没有那一本又一本翻开的书，你怎么可能有这种成长呢？总有人问我读书有什么好处。我说用几个“解”来回答你吧，它可以解惑，也可以解气，有的时候你有很多郁闷和火气，打开书看到有与你同样生活在这个世界上的人，甚至古人早就把那种呐喊替你发泄出来了，你就觉得挺解气的。

另外，它还能解决你的很多挣扎和困惑。翻开一本又一本书的时候，你看到答案，拥有了解决问题的方案，道路变得更加清晰了。当然千万别忘了，看书还有另外的功能，那就是有的时候还解闷。哪怕现在人们开玩笑说，连解手的时候，都需要有那些看起来不那么累的书，来陪伴你度过人生当中的这种时光。一天总是琐碎的，但是累加在一起却可能会获取很多知识，因此，我觉得一本能提供这么多“解”的书，会帮助一个又一个人更好地走过这样一个成长的道路。

在我们寻找的无数答案当中，最后一种答案可能非常重要。它能帮助我们寻找到平静和幸福，我们可能都记着这样一句话：“华北之大，已经安放不下一张平静的书桌了。”那是一个屈辱的时代。但是如今，在物质大潮快速奔涌而来的时候，这句话可以稍微地变一变了，变成什么呢？

“中国之大，找到一颗平静的心简直太难了。”但是，不平静又怎么可能幸福呢？我曾经有过这样的经历，周围是乱的，自己的心里也是乱的，当你打开书想在书里找到平静的时候，最初几页是很难读进去的。但是当最初的几页慢慢读进去了，你就觉得好书真像是一堵又一堵的墙，开始慢慢地升腾起来，把外面的车水马龙还有那些喧嚣的声音都阻拦在了外面。这个时候，你觉得那颗躁动的心慢慢地安静下来，你似乎又可以在白纸黑字里闻得到花香，听到鸟鸣，大自然仿佛又回到了你的身边。

那么，幸福与读书、与平静有什么关系吗？很有关系，幸福是由三个关键词构成的，那就是物质、情感和精神。只有物质基础、情感依靠、精神支柱这三种因素的分数都不错，加起来你的幸福指数才高。而读书与这三者紧密相关，“读书无用论”早已经慢慢消散了，那个时代也结束了。

早有调查显示，人们读书和获取知识的水平和你的收入是成正比的，我想，只有你的书读得足够多了，你才会更有创意，才会更自信，你才会更有底气，才能获取更多的物质回报。但是这还不是最重要的。书读得多了，你在情感方面会是一个充沛的、获益很多的人，你的依靠会更充实，更重要的是，在阅读中能寻找到我们的信仰和精神支柱。中国人的信仰千百年来并不是仅仅靠宗教来支撑的，它就在唐诗宋词当中，在爷爷姥姥讲给你的故事里，在《三国演义》里，在《红楼梦》里，在《西游记》里，在无数的经典书籍当中，至今依然被文人用那种美丽的方块字写在字里行间。

读书读久了你总会信一些什么，信一些什么就有了敬，有了畏，因为信仰我认为最重要的是“敬畏”二字。有了敬，有了畏，知道什么是好的，我要去做，知道什么是不好的，我不能逾越它，就如同社会这条奔腾的大河两边有了安全的河堤，有敬和畏这两个河堤在，不管这条河流如何奔涌，总是安全的。我们现在正处在慢慢建设两边河堤的过程中。

因此，如果更多的中国人能够多读书，能够让自己的心平静下来，能在这里慢慢找到幸福感并且找到自己的话，中国就会变得更好。也许读书不能解决所有的问题，但是读书可以改变很多，可以让我们一个又一个人变得更好。

当我们一个又一个人变得更好的时候，你什么样，中国就什么样。

一切都是最好的安排

如果在夜晚听不到夜莺优美的叫声或青蛙在池畔的争吵，人生还有什么意义呢？

人生的契机和姿态

卞毓方

命运的转折，常取决于外界一个微小的引诱或刺激。

譬如说陈省身。小时候，父亲在杭州工作，他跟着祖母待在老家嘉兴。有一年，父亲返家过春节，给他带了一套礼物，是当时流行于新式学堂的《笔算数学》，分上、中、下三册，是美国传教士狄考文和中国学者邹立文合编的。还家当日，父亲觉得儿子还小，仅仅给他粗略讲了讲阿拉伯数字和数学算法。谁知陈省身一听就爱上了，他私下里慢慢啃，越啃越有兴趣，没过几日，居然把三册书啃完，并且做出了其中大部分习题。陈省身无意中闯进了数学的殿堂。

譬如说钱学森。初中阶段，一次课余聊天，有个同学说：“你们知不知道20世纪有两位伟人，一个是爱因斯坦，一个是列宁？”众人闻所未闻，面面相觑。20世纪20年代初，国内信息传播相当滞后，爱因斯坦的相对论虽然问世 10 多年，列宁领导的十月革命也已过去了五六年，但他俩的大名和事迹还没有广为人知。见状，那个同学侃侃而谈，他说："爱因斯坦是位科学巨匠，列宁是位革命巨匠。学校图书馆有关于他俩的书。"钱学森听得心痒，就从图书馆借了一本爱因斯坦的《狭义与广义相对论浅说》，内容似懂非懂，心扉却轰然洞开，他看到了身外有宇宙，宇宙有无穷奥秘。正是从那时起，他思想的触角，开始试探太空的广阔与自由。

由陈省身、钱学森又想到侯仁之，他们仨同龄，都是 1911 年出生，但是后者的起步阶段，远没有前两位幸运。侯仁之幼时孱弱，也没大病，就是弱不禁风，碰一碰就倒的样子。他就读的博文中学是一所教会学校，体育风气浓厚，各种项目之中，篮球尤为大家喜爱。班班有篮球队，经常举行班际比赛。侯仁之也想上场一试身手。一天，他壮着胆子找到本班的篮球队队长，说出了自己的心愿。队长看看他，矮、瘦，而且黄，一副病怏怏的样子，岂能硬碰硬地打篮球？队长摇头，断然拒绝。其实，不要说班代表队，就是本班同学玩球，大伙分成两拨，哪一拨也都不要他。侯仁之被孤立在篮球运动之外。他感到绝望，由绝望中又生发出豪气：既然玩不了球，我就练跑步——跑步，是不要别人恩准的。从此，每天下了晚自习，他就围着操场，一圈又一圈地跑。他坚持了整整一个冬天，风雨无阻。转过年来，学校举行春季运动会，体育委员找到他，说："侯仁之，你参加 1500 米赛跑吧，怎么样？"侯仁之感到突然，他说："我可从来没有参加过比赛呀。"体育委员说："你行，你肯定行，我看见你天天晚上练来着。"侯仁之于是硬着头皮报了 1500 米赛跑。比赛开始，发令枪一响，侯仁之就拼命往前冲，跑过一圈又一圈，转弯的时候挺纳闷：怎么旁边一个人也没有？回头一看，哈，所有的人都被他甩得老远！侯仁之轻而易举地获得了冠军。

人生是一场马拉松，各有各的跑法。仍拿陈省身作例，他的“跑”，就是玩。陈省身不爱体育，中学时，百米成绩居然在 20 秒开外，比女生跑得还慢。但是，他懂得玩。他的玩，不是外在的，而是内向的，他玩数学、玩化学、玩植物学、玩围棋、玩一切他喜欢的功课和项目——他是同知识玩，同自己的心智玩。钱学森读的是北京师大附中，受到的是全面发展的教育，他喜欢体育运动，更喜欢数学、音乐和美术。若干年后，他曾向加州理工学院的一位同事表示：根据定义，一则数学难题的解答，具体呈现就是美。因此也可以说，钱学森的“跑法”，就是追求美。

说到侯仁之，他的人生姿态，绝对是长跑。体弱多病和长跑健将，这两者很难令人产生联想，但是，侯仁之把它们串联在一起了。起初是出于无奈，跑着跑着，事情就发生了质的变化。跑步不仅使侯仁之告别羸弱、赢得健康，而且成了他生活的动力、奋发的标志、人格的象征。

侯仁之从博文中学一路跑进燕京大学，从本科生一路跑到研究生，跑到留校当教师。他名下的 5000 米校纪录，一直保持了 10 多年，直到 1954 年，才为北京大学的后生打破（1952 年燕大并入北大）。侯仁之先生的影集里，保留有在燕大长跑时的雄姿，其中一幅注明是“终点冲刺”，画面上的他赤膊上阵，精神抖擞，一马当先。

顺便说一说，陈省身以玩的姿态，一路跑到 93 岁；钱学森在追求美的路上，跑进了 98 岁；侯仁之呢，长跑进了 102 岁。

美好岁月

柴静

刚做“时空连线”时，制片人陈虻天天骂我，嫌我小女生新闻的那套路数，“矫揉造作，不可忍受”。

陈虻说：“你问一个问题的时候，期待答案吗？你要不期待，就别问了。”

我不作声。

我问医生朋友：“为什么我呼吸困难？”

他说：“是情绪影响了呼吸系统，使呼吸频率放慢，二氧化碳在体内聚集造成的。”

“有什么办法吗？”

“嗯，深呼吸。”

上楼的时候，我深呼吸；下楼的时候，我深呼吸。我看着电梯工松松垮垮地坐着，闲来无事，瞪着墙，永远如此。我强烈地羡慕她。

上班时只有在洗手间，我能松垮两分钟，我尽量延长洗手的时间，一边深呼吸，一边看着镜子里的自己。我知道自己身上已经开始散发失败者的味道，再这样下去谁都会闻出来了。

那段时间，临睡前，我常看一本叫《沉默的羔羊》的书。

很多年后，我看到它的续集，愤怒地写信给作者，我说你这续集里蹩脚的狗屁传奇故事把我心里的史达琳侮辱了，那个吃着意大利餐、欣赏油画、跟食人魔医生谈童年创伤的女人根本不是她!

在我心里，她一直是美国联邦调查局（FBI）24岁的实习生，说话带点儿口音，偶尔说粗话，没有钱，穿着一双不怎么样的鞋子，孤身一人去调查杀人案。她知道失败和被人看轻是什么滋味。

她左手可以一分钟扣动74下扳机，胳膊上的筋脉像金属丝一样隆起，卷起袖子去检验那些腐烂的死尸，对认为她只依靠姿色混进来的男人说："请你们出去。"

她曾希望在FBI这个大机构里得到一席之地，但最后她不再为身份工作，她只为死去的人工作，在心里想象那些被谋杀的女人，跟她们经历同样的侮辱，从刀割一样的感受里寻找线索。

人在关口上，常是一些看上去荒唐的事起作用，在演播室开场之前，我很多次想过："不，这个用塑料泡沫搭起来的地方，可吓不着史达琳，这姑娘从不害怕。"

我决定自己做策划和编辑，找找那个抽象的欲望到底是什么。

每天给各个部门打电话联系选题，大老板看我给外交部打电话联系大使被劫案的采访，觉得好笑说："得多无知才能这么无畏啊。"但居然联系成了，录节目时他负责拍摄，冲我默默一点头，我心里一暖。

我每天上午报三个选题，下午联系，晚上在演播室录制，凌晨剪辑送审。

就这么熬着，有个大冬天的凌晨两点，人都走光了，没人帮我操机，我自己不会，盯着摄像机，心想，我不干了，天一亮我就跟陈虻打电话，去他的，爱谁谁。我在桌边坐着，恶狠狠地一直等到 7 点。电话通了，陈虻开口就问："今天是不是能交片了？"

我鬼使神差地说："能。"

我抱着带子去另一个机房，编到第二天凌晨三四点，大衣锁在机房了，穿着毛衣一路走到电视台东门。我是临时工，没有进台证，好心的导播下楼来，从东门口的栅栏缝里把袋子接过去。回到家，电梯停了，爬上十八楼，刚扑到床上，导播打电话说带子有问题，要换。我拖着已经受伤的左脚，一级一挪，再爬下去。

大清早，已经有人在街上了，两个小青年，惊喜地指着我。我以为是认出了我。

"瘸子。"他们笑。

浅青色的黎明，风把天刮净了，几颗小银星星，弯刀一样的月亮，斜钉在天上。

白岩松有天安慰我："人们声称的最美好的岁月其实都是最痛苦的，只是事后回忆起来的时候才那么幸福。"

口吃的妙用

韩石山

我这一生，功业未立，声名不显，若寻究原委的话，只有一条，就是口才太好了。当了十几年教员，不管上什么课，前脚踏上讲台，不等后脚提上来便开讲，如一股清泉，汩汩流淌，下课铃都响了，还要翻它几个浪花儿。我的课，不用维持秩序，学生们只有惊异，这家伙怎么有这么多话！

当了作家，按说该以笔代口，纸上驰骋，尽显才情，可我不，还是老样子，一有朋友来，聊天吧，过瘾吧。这还不算，只要有演讲的机会，天大的事都能搁下来。说好讲两个小时，不超出半个小时停不下来。有朋友对我说，看你到了两小时的时候像是要停止的，我说是呀，那半小时是惯性运动，想停停不下来呀。一个爱说话的作家，再勤奋能有多大的成就？

如果把我平日的谈话、演讲，录下音整理成书，肯定比我写的书要多得多，也要好得多。

大半辈子过去了，到了腰弯背驼、血气两亏的时候，才悟出这个理儿，迟了，早就迟了。若不是这么伶牙俐齿，能说会道，而是拙于言，甚至是个结巴，该有多好。

看书多了，知道那些大有成就的，几乎都是口才不怎么好的。比如史学大师顾颉刚，就是个结巴。哲学大师冯友兰，据他的学生说，平日说话略有些口吃，讲课也就不难想见了。文学大师朱自清，平时不结巴，一着急就结巴起来，而他讲课是常常着急的。我上大学的时候，英语老师给我们说，真正的英国绅士，说话都是磕磕绊绊的。《围城》里的人物，一言以蔽之，男人无口才，女人无相貌。唐晓芙是个例外，却是全书中最不协调的一个人物。陈道明饰演方鸿渐，什么都好，就是没有演出方鸿渐的笨嘴拙舌来。方鸿渐是个心里透明而怯于表达的人物，作家写得那么流畅，那是人物的内心活动，一成了人物自身的夸夸其谈，也就不是钱氏笔下的方鸿渐了。

说话磕绊，乃至结巴，对一个男人，尤其是对一个成功的男人来说，几乎是必不可少的。想想吧，你和他说话，他哼哼唧唧说不出来，这时候，着急的不是他而是你，而人一着急，露出的肯定是窘相。他那里缓急有序，你这里满脸窘色，尚未交谈而雅俗高低已判。这叫“不战而屈人之兵”，上上的战略。记得前些年，参加一个本不想参加的会议，不知怎么动了邪念，装起结巴来，那效果简直妙极了。有位老先生不管问我什么，我都是吭哧吭哧老半天说不成个样子。第二天听朋友说，这位老先生过后把我夸了又夸，说韩某人文章写得那么好，而说话那么不利索，真了不起啊。在他看来，会说话的人写得一手好文章，是天经地义的，毫无新奇之处；说话不利索而写出好文章，那才真是满腹经纶呢。细想也是，有缺点比衬着，优点才会像金子一样闪闪发光。

“用舍由时，行藏在我”，这是一句老话，说的是不为时势左右，该做什么做什么，不要委屈了自己。我看不妨把这句话作为对口才好的人的一个约束。该说不该说，要根据具体情况来定；是表现还是隐藏，自己要有主意。人生在世，要藏的不光是短拙，某些时候，优长也要藏起来。处处显示自己的优长，老了必然是像我一样，平生事业空自许，老大无成徒伤悲。

李娜：我的 AB 面在交火

喻盈

人们很容易看到她谢幕时的辉煌：两座大满贯冠军奖杯；世界网坛史上最高的亚洲选手排名；单飞 6 年赢得的破亿奖金、数亿元品牌赞助与广告代言费，使她在最新一期全球女运动员收入排行榜上高居第二位；她是国际上形象最具开放性的中国运动员，是中国体育界最耀眼的国际明星。

但是，未必人人了解她冲破了多少边界。在收获今天的一切之前，她曾无数次痛苦地突围，突破体制的桎梏、身体的极限、性格的弱点以及最难攻克的心魔。而且大多数时候，这种突围她只能独自上场，独自面对。

战斗，只为自己

这不是她的第一次退役。12 年前她的离开一样突然。

那是 2002 年，20 岁的李娜已在中国网坛排名第一，世界排名也一度攀升到前 135 的位置。然而一天早晨，她悄无声息地收拾行李，溜出了国家训练中心，没有告诉任何教练，只在宿舍的书桌上留下一封要求退役的申请。为表示离开的决心，她甚至连球拍也没有带走。

那时她正在国家队为 2002 年釜山亚运会备战，长久的压力和心情抑郁使她的生理期突然出现紊乱。原本这样的内分泌问题可以靠吃有激素的药物解决，但她恰好对这种药过敏，队医束手无策，训练也无法加大运动量。

网球管理中心的处理方式令她心寒：为了让她能够去打亚运会，在医生明确表示她的身体状况不适合比赛的情况下，相关领导仍表示："你只管给她打针就行了。"罔顾这个决定可能对一个 20 岁女孩儿健康、幸福的影响。

也是在那前后，她与姜山已经配合四年的混双组合被拆散，丝毫没有征询运动员自己的意见。

"我们也是人，不是棋盘上的棋子。"李娜愤然离开。

那年年底，她和同样选择了退役的男友姜山一起入读华中科技大学学习体育新闻，她似乎想给那些曲解自己的媒体记者一点儿样子看。

在人生的前 20 年，除了与姜山谈恋爱，这几乎是李娜做出的第一个独立意志的选择。生于 1982 年的她，此前和举国体制下的大多数运动员一样，从小在父母、教练的安排下被动开始运动生涯，习惯了听从指令、服从纪律，整个生活都与运动队捆绑在一起。

在退役求学的日子里，她第一次认真思考自由与尊严的意义。电影《荆轲刺秦王》里的一句台词像一颗高速飞行的网球一样击中了她。那是周迅扮演的盲女在家人被杀后对刺客说的话："你杀了我。你不杀我，我就要一辈子跪下来乞食，日子没有尊严。"

她决定要遵从自己的意志生活。

两年后李娜决定复出时，同样是遵从了自己的意志——新上任的国家体育总局网球运动管理中心主任、中国女排老队长孙晋芳来找她谈话：“很多人都说你有天分，打球是你实现自己的手段，你为什么不为自己打呢？”

原来打球是可以“为了自己”的。李娜开窍了。

尽管国家队指定教练、训练和比赛日程，约束运动员自主权的体制，某种程度上与“为自己打球”的理念相悖，李娜还是在2004年重返赛场。她的成绩在积分、排名清零的情况下迅速蹿升，到2006年已是世界排名前25名的女子网球选手，她也是第一个赢得WTA（世界女子网球协会）单打冠军的中国人。

她的个人意志与体制的条框束缚不断发生冲撞。2005年全运会的一次采访中，她因为坦言“国家队各项措施不很完善，也没有针对球员个人的系统训练”，引发了轩然大波。“李娜炮轰国家队体制”的新闻铺天盖地，孙晋芳也不得不出面回应。此后，李娜感觉自己在国家队被逐渐边缘化了。

更大的风波出现在2008年奥运会。由于膝盖积水，李娜原本计划3月在德国进行手术，医生承诺她可以在奥运会之前完成康复训练，正常参加比赛，但在手术的前一天，国家队方面忽然传来消息：手术必须暂停！原因依然是要先确保奥运会的成绩，建议比赛前做保守治疗。最终，在服从纪律回国协商后，李娜还是决心做手术，为自己的身体负责。所幸那一年的北京奥运会，李娜杀进了四强，创下当时中国女子网球选手在奥运会单打中的最好成绩，她的“一意孤行”才没有被追究。

不过，她在二分之一决赛上对干扰了比赛的喧嚣观众席吼出的那句“shut up（闭嘴）”，这像一盆泼向集体狂热的冷水，把她推向了一个非常尴尬的境地。

奥运会之后，网管中心迅速出台了一项革命性的政策，允许李娜、彭帅、郑洁、晏紫四名中国网球的顶级选手“单飞”，她们获得教练自主、奖金自主、参赛自主的权利，自负盈亏，只不过须将商业开发收益的 8% 和比赛奖金的 12% 上缴国家（之前运动员需上缴国家的收入比例为 65%），并须兼顾为国家队和省队效力的义务。这无疑给了李娜自立的机会。

在 26 岁的年龄上，已打了 18 年网球的李娜，终于迎来了一个成为真正的职业网球选手、融入世界网球圈子的机会。你可以说她恰逢其时，但也有另一种说法——变革的机会，是她和其他球员在一次次与体制的冲撞与协商中争取而来的。

从“可有可无”中蜕变

单飞是需要勇气的决定。最初脱离体制的李娜，一年的比赛奖金还不足以支付她整个团队的开销。眼见她的拮据，第二次膝盖手术时，医生甚至不忍心收她的手术费。

但很快，更为职业化、更加自主的训练安排和团队配合，把她推向了巅峰。

2011 年，她首次打入澳网半决赛，跻身世界前十。同一年，她在法网夺冠，擒得第一座大满贯冠军奖杯。据说那个夏天，有 1.16 亿中国观众守在电视机前观看了那场法网决赛，此前在中国非常“小众”的网球第一次拥有了如此众多的观众。这几乎是李娜的一己之功。

今天人们之所以热衷于谈论李娜，不仅因为她傲人的比赛成绩，也因为她在全世界面前展露出的鲜明个性。她是那种非典型的中国运动员，快言快语，从不遮掩自己的个人锋芒。她也是西方人眼中非典型的中国女性，会在场上怒斥丈夫姜山“滚出去”，又在赛后的演讲中公开表达对丈夫的爱与揶揄，毫不含蓄。在西方媒体的镜头前，她笑容灿烂，妙语连珠，显得乐观而自信。可她并不是生来如此。

很难想象她对自己的评价里，出现最多的是被动、瑟缩、内向、不自信这样的词语。在她的自传《独自上场》序言的一开始，她就这样写：“从出生到现在，我一直觉得自己是个可有可无的人，如果不是法网冠军为我带来的一切，我相信自己会一直这么认为下去，直到死去。”

她极度敏感，不单因此与媒体剑拔弩张，就是在赛场激烈的对抗中，老公姜山离开几次她都能清晰记得；她又对自己极度苛刻，在她的书中这点随处可见。

提及自己的长相时，她说：“我家人都很好看，只有我是结合了爸妈的‘缺点’生出来的。”

谈到童年时，她写道：“我是个没有快乐童年的孩子，我没有寒暑假，没有时间看电视剧或是动画片，我把所有业余时间都用在球场上，但这并不是我自己的选择，我打球只是因为我父亲希望我这么做。”

她不喜欢自己幼时所受到的教育，感觉被压抑了天性。小时候她爱美爱照镜子，却被妈妈严厉批评：“臭美，也不学其他小孩儿那样练练字。”这导致她每次看到镜子都会有挫败感，“除了在网球上有点儿小天赋，我觉得自己并没有任何过人之处”。

“我不是一个善于表达自己感情的人，也是一个害怕孤单的容易自卑的女孩儿，只有跟我一起长大的人，或者在身边一起工作生活比较久的人才会了解我，进而有机会走进我的内心世界……在人际关系中我几乎永远是被动的一方……”

然而又正是这样一个李娜，更新了世人对中国运动员唯唯诺诺、面目模糊的印象。敏感、倔强、安静是她的一面，而这面的背后还有着一个好战、敢言、我行我素、充满胜利欲望的李娜。

每一天她的 A 面与 B 面都在彼此缠斗，用她自己的话说，就像自己在争夺自己。这是一种巨大的内耗，外人只能看到结果，而她自己则承担着每一场恶斗的经过。

这样的内心激辩，从她 10 岁父亲去世的那一年便已开始。父亲是李娜“童年的阳光”，而因为当时她正在备战一场青少年赛，所有人对她封锁了父亲病危的消息。当她从比赛的城市深圳回到故乡武汉，迎接她的只剩下父亲的遗像。“这完全改变了我的整个人生。”李娜说。她从此开始负担起养家的重任，靠多打比赛多挣奖金来帮助母亲偿还家庭债务。“清寒艰苦的少女记忆或许会深入骨髓地伴随我一生。”

一年半后，母亲改嫁。青春期的李娜难以消化接踵而来的家庭剧变，感到自己成了一个多余的人。她知道自己不应该责备妈妈，可是潜意识里又无法摆脱一种被遗弃似的悲伤。从此，连如何与至亲相处，她也需要在心底不断压抑、说服自己。

另一个心理的重负，来自她的一位教练。从 1991 年进湖北省的集训队起，到 2002 年李娜第一次退役，带她的都是这位教练。除去赴美国网球学校学习的 9 个月，李娜觉得跟着这位教练 9 年多里的每一天都是战战兢兢、如履薄冰。她几乎没有得到过表扬，随时等待着被惩罚，智商常被教练拿来与牲畜比较。多年后李娜还心有余悸，在自传中写道：“所以直到现在，我从来没有一次觉得自己是聪明的，一直觉得自己傻，可能当时的影响太深了。”

封闭的内心与不自信的阴霾，使她在比赛中非常易怒，心理波动较大，也很容易受到外界的影响。所以尽管有着极佳的运动天赋和技巧，她的比赛还是很多次败在了自己的心态上。

即便在法网夺冠、成为第一个拿下大满贯桂冠的亚洲选手之后，每逢低潮她仍然无法克制地自怨自艾，直到遇到了教练卡洛斯。

30 岁，改变仍有可能

阿根廷人卡洛斯·罗德里格斯来到李娜的团队时，她已经年满 30 岁。

与她同龄的选手早已纷纷退役。而她自己，自法网之后，已经陷入连续 15 个月的“冠军荒”，状态低迷。

伦敦奥运会，她再次一轮出局。每逢失败便骤然在她心头升起的那个问题又出现了：是否还应该坚持下去?

新教练卡洛斯却对她信心百倍。他反复观看了李娜的比赛录像后，镇定地给这个消沉的女运动员打了一剂强心针，他说：你完全可以进到世界前三，并且，再拿一个大满贯。他建议她改进自己的发球，勇于上网。

“居然有教练对一个 30 岁的女人说这些话，居然有教练愿意去改变一个 30 岁的女人。”这是李娜的反应。她觉得，卡洛斯很有勇气，因为通常人们都会认为，到了她这个年纪的运动员技术早已成熟、固定，很难再改进了。

而卡洛斯也同样钦佩李娜的勇敢，他曾对媒体讲：“我对她最大的敬意，在于她年过 30 还能有改变的勇气，而很多球员都不会有这样的勇气。”

为了避免李娜总在年末出现状态下滑的情况，卡洛斯极大地增强了她的训练量。

在卡洛斯严苛的驱策中，李娜一次次逼近自己体能的极限。后来她感慨，当我们有些运动项目成绩不行时，人们总是说，这是亚洲人的身体素质决定的，其实说这些话的人可能根本不了解，我们种族的身体素质究竟可以到达什么程度。

除了身体，卡洛斯也试图训练李娜的心理素质。他不断地找李娜聊天，探究她的童年、过往，试图挖掘她心底最幽微、隐秘的伤痛，因为那些深层的压抑，很可能正是她情绪波动的病灶。

当潜意识中许多不愿面对的东西，被卡洛斯穷追不舍地层层剥开，李娜觉得很痛苦，就像在伤口上撒盐。可是卡洛斯告诉她：你必须学会倾诉，这也是自我疗愈的方法。

在了解了李娜与前教练之间的故事之后，他建议她回一趟武汉，以一个成年人的身份，和教练谈一谈少女李娜曾经受到的心理创伤。“他说，如果你不去告诉她，她就永远不知道你的想法，而你也永远过不了自己这一关。这件事情对你的影响，可能远远超过你自己的想象，你必须要去解决。”

思索了一夜之后，李娜出发了。她心怀忐忑与恐惧，一路设想着与前教练见面的各种可能。结果风平浪静，“完全是两个成年女人的对话应有的样子”。

她们谈了约 15 分钟。李娜说，你伤害过 15 岁的我；教练告诉她，那时候我为什么会那样说、那样做。两个人跨过时空达成和解。李娜终于解开了 15 年的心结。

2014 年 1 月，一个正学习更好地掌控自己情绪的李娜，在澳网拿下了人生的第二个大满贯，排名果然如卡洛斯所预言的，进入了世界前三名。人们还清晰地记得在赛后的记者发布会上，32 岁的李娜说，如果有机会，我还想再去拿一座大满贯。她挑战自己的欲望、对胜利的饥饿感，仍没有熄灭。

第二人生

谁也没有想到，8 个月后，她亲自宣布的已是退役的消息。“做这个决定，比我打一个大满贯更难。”

从 3 月起，她的膝伤开始反复。7 月她做了第四次膝盖手术——以前三次都是右膝，这一次则是左膝。而且，恢复的难度已不可同日而语。医生告诉她，她的身体情况已经无法再承受行业最高水平的竞技对抗。

其实自从 2008 年的第一次膝盖手术之后，她的膝盖就必须每周接受注射治疗，类似于在软骨之间不断加入润滑剂，减少磨损的概率。6 年来，这样的注射已经有数百次。

尽管每次手术都很成功，但只要她继续维持高强度的训练与比赛，这种损耗就会持续不断，无法根治，而她也就无法摆脱对着膝盖戳针的日子。

现在，她要退役了，这样的生活终于有望结束。

此前 24 年的人生，她几乎每天都与网球相伴。童年没有假期，成为职业选手后，几乎没有陪伴母亲过过春节——那往往正是备战或征战澳网的时候。像空中飞人一样满世界比赛，她却没有去过几个当地景点，因为训练实在太辛苦，每当有难得的休息时间，她往往累得只想宅在酒店睡觉。

在德国慕尼黑训练和居住的日子里，她曾很想养一只狗——最爱的是哈士奇——但马上被姜山否定了，因为没时间照料，狗与比赛不能兼得。

现在，这一切曾被剥夺的都将悉数回到她的生活中：陪伴家人的日子、度假旅行的时间、养狗的可能。当然还有孩子，李娜渴望有自己的孩子。在 2010 年中网赛的一场发布会上，当李娜谈起针对儿童的慈善项目时，曾面对一屋子记者敞开心扉：“其实有时候我跟姜山聊天时也说到，我特别后悔，如果当时暂别网坛的那两年要孩子，现在孩子都 7 岁了。”

人们早已熟悉网球场上李娜与姜山“妇唱夫随”的场景，却不容易看到日常生活里这个霸气十足的大满贯冠军对丈夫无以复加的依恋。

他们真正的密友说，有时李娜就像姜山养的一只猫。在回到武汉时，当姜山去和老朋友一起打牌，李娜都会黏着他，坐在他身后静静地看，有时看着看着，就窝在沙发上睡着了。

这是另一个李娜。从今往后，这一个李娜将成为她人生的主角。

如果没有那台琴

若怀特

一

1999年，母亲所在的西湖电子琴厂倒闭。

她再也不用在每天天还未亮的清晨骑车穿越大半个城市去上班。最后一笔工资随着工资条发到手上，工厂的卷闸门徐徐关闭，班车上的“西湖”两个字像牛皮癣一样被粗暴地掀掉，那条流水线带走她三年的青春，留给她一台老旧的电子琴，成为我家不足10平方米的客厅里多余的摆设，单薄的声音如同一个噩梦硬生生轧过我的童年。

我后来时常想，如果母亲去的是电视机厂、玩具厂，或者服装厂，是不是我的童年就会多一点儿快乐呢？至少应该拥有斑斓的雪花屏，成堆成堆的芭比娃娃或者公主裙，而不是雪花般成堆的琴谱。如果没有那台琴，或许我的人生也会完全不一样。

那年我刚读小学，每个周日晚上要去少年宫练琴，几百次放慢脚步走在那条长长的小径上，希望可以就这么一直走到下课。

这是一门无法滥竽充数的艺术。琴弹得最好的女生上课也都是由父母陪伴，赞扬声于她而言不过是快乐被冲淡后的沉默，这种司空见惯的强迫，在我记忆中毫发毕现。老师坐在我身旁，总是皱着眉听我弹完死记硬背的曲子，指着她对我说："她闭着眼睛都不会是你这样的水平。"哄笑声中我感觉到肾上腺素在飙升，脆弱的自尊心碎了一地。

他们乐感极佳，听一遍曲子便能在指尖流淌出悦耳的琴声，在还未学会汉字之前便已熟悉如何跟五线谱打交道。我学了很久，依然看不懂五根黑色线条上蝌蚪般浮动的音符，沉默如谜的排列组合让我的神经隐隐作痛。母亲只好对着谱子弹曲子，弹会了再教我弹，把我推到教课的老师面前，以一种近乎作弊的方式，让我像是自己琢磨出来一样弹给老师听。

我和住在楼上学声乐的伊雯一样，对音乐产生了一种源自本能的抵抗，痛恨它打劫了我们过多的时间。我们疯狂吃辣，大声吼叫，把手指骨节掰得咔嚓作响，试图摧毁我们与音乐最后的一丝关联。伊雯常常为了不去上课把自己弄得鼻青脸肿，最严重的一次，头撞在玻璃上鲜血直流，父母吓得一路哆嗦着把她送去医院。

"为什么我必须做不喜欢的事情，你别以为我不敢像伊雯那样……"我感到枯燥、乏闷，我是在浪费时间。我想像那些放学后冲回家看《花仙子》的女孩儿一样，正正经经享受我应有的自由与快乐。我妈听我说完后，抽出衣架狠狠敲在我背上，把我的呜咽封锁在阳台外面，只丢下一句"不练完不许吃饭"。

她不在的某个日子，我看着那台带给我诸多痛苦的琴，心里突然涌起一股怒意，狠狠把它摔在地上，拗断它的支架，用剪刀剪碎变压适配器，下定决心要和它一刀两断。

我忘不了母亲惊愕的眼神，以及恢复镇定之后劈头盖脸的巴掌，在我背上留下一道道淡红色的掌印。后来她去旧货市场淘了很久，终于给我找齐当时已经停产的所有配件。她目光锐利，口气生硬，脸色难看，“你得挨过去，希望这是你最后一次对自己不负责”。

二

当我拿到那张电子琴十级证书时，我以为母亲对我的桎梏结束了，内心破土而出的是一种解脱感。

我升入一所寄宿制的高中，学琴而导致的文化课短板像黑洞一样很难填满，当我捧着不及格的卷子哭着找母亲签名时，她拒绝了。班主任在全班人面前点名批评我是无法上交签名的差生。我回到家摔碎了花瓶冲她发脾气，埋怨她让我出糗，母亲平淡地回应：“你不想丢脸的话，就好好努力。再考这么差，不如退学吧。”

那时 MP3（一种音乐播放器）刚刚开始普及，在空荡荡的卧室把耳机里的声音放到最响，手边堆满厚厚的习题册，不听流行歌曲，倒是以前反复练弹的曲子让我心安，《胡桃夹子》轻快悠扬，《拉库卡拉查》柔美抒情，《匈牙利舞曲》激昂热烈，旋律像完美的情人，激发着我的灵感。

母亲发现时总是粗暴地扯掉耳机，“不许在做作业的时候听这些！考试时会给你放音乐吗”。她勒令我将里面的音乐删光，替换成美国之音，让我在校车上听，在晨跑的时候听，在睡觉前听。这种见缝插针的方式像一层保鲜膜把我勒得难以呼吸。我的成绩慢慢回温，却越来越抗拒回家，总是坐在公园长凳上直到入夜后空气转凉，闻着潮湿的泥土气味慢悠悠地踱步回家，避免与她在同一个空间里单独相处，把晚归的原因解释为留在学校艺术团练琴。

她偷看我的手机试图找到我晚归的原因，我质问她为何热衷于偷窥隐私，是不是愿意也共享一下她不曾离身的笔记本。母亲看了我一眼，那目光中含有太多失望的情绪。她终于败下阵来，叹了口气把本子交到我手里。这本破旧的笔记本她用了很久，纸张松散，字迹潦草，沾着柴米油盐的生活气息，随便一翻全是关于家庭开支和我成绩变化的记录。她坚强而敏感，一定看穿了我编织的拙劣谎言。我学会独自消解心事和秘密，她也从不跟我分享飞涨的物价和生活的艰辛。

其实我知道母亲偷偷找过很多工作都碰壁了。那段时间家里订的报纸，边边角角的招聘信息都被她做上记号。她瞒着我报名去当学校宿管，在报名表上一笔一画写下自己的姓名，年龄，籍贯，当然最终还是落选了。

40 岁仍旧经历生活的潦倒是件残酷的事情，相比之下年轻时所受的苦难都太过轻盈。所以她希望我能尽早成为经得住打磨的人，拥有不会流血的心，获得不失控的人生，不用像个打了败仗的将军，无条件接受无法抗拒的不平等条约。

三

当我终于考上我心仪的大学和专业时，我才忽然发现当初怨恨的其实是自己的无能和懦弱，恨自己永远无法企及母亲的标准。

我没有想到弹琴居然会成为我撕不掉的一个标签，在陌生环境中的自我介绍过后，总能成为别人印象深刻的那一个。也是因为这门技艺，大学时可以去咖啡馆兼职弹琴赚生活费，给学校微电影配乐获得额外的学分。

大四去外地实习，我和学姐在一家设计公司跟着导师做项目。我们学会了抽烟，每一个跟甲方纠缠的夜晚我们都能抽完一盒万宝路，淡淡的薄荷味混杂烟味在漆黑的天台上明明灭灭，如同一只只迷失在深海的浮标，烟蒂把垃圾桶上那个小小的烟缸塞得像个刺猬似的，焦虑和迷惑的负面情绪蚕食着每个人的意志。

生活泥沙俱下，像一个无底洞，零零散散支配着我们的热情和体力。实习工资扣除房租后所剩无几，我却格外珍惜这短暂的自由。母亲在我的生命里徐徐退场，安分守己地做一个旁观者，她不再过问我生活的细节。偶尔打电话过来，只进行简单的交流，最近过得好吗？什么时候回家？

实习生陆陆续续离职，但那是我活得最饱满的一段时间。白天用来跟业务方斡旋细节，晚上就开始对着设计的图纸一遍一遍修改、描摹。看着窗外的城市夜幕降临，恍惚之中我想起年幼时反复练琴的场景，练到不能弹错一个音符，练到整首曲子的情感和力量保持一致，练到每一个拍子不早一分，也不晚一分。原来在这些漫长的时光之中，它们早已潜移默化成了我性格的一部分，让我对任何苛刻的要求安之若素。

“我觉得喘不过气。”学姐在几个月后因为不堪业务方的压力，抄袭设计而被开除。公司墙壁上的摄像头，24 小时对准我们的办公桌，每个人的电脑里都被安装上监控软件，时刻关注着每个人的一举一动。这家公司以前的设计方案被泄露过，不得不用这样的手段来防范。

在酒杯里漂浮的泡沫上，形形色色的业务方偶尔开一些低俗的玩笑，饶有兴致地等待我们巧妙化解这种种危机。导师则把我们当成免费的劳动力，开会时蛊惑我们为了梦想，为了免费的丰盛夜宵，为了报销打车费，欢乐地加班吧。

而这些毫无尊严的时刻，我早就在阴郁的少女时代就有所体会，它们在我身上形成一种抗体，让我拥有充分自我治愈的能力。

学姐后来被查出患上轻微的抑郁症，需要定期去找心理医生复诊，她离开的那天我送她去车站，她对我说："你是我见过的最独立的女孩儿，真的很羡慕你，有这样一个妈妈。"她在温和甜美的家庭氛围里长大，父母未曾对她大声说过一句话，生活的考验来得有些迟钝。

我终于理解，母亲带我预习了成人世界里的潜规则，那些年我一直在尝试把做不好的事情干漂亮。我们中的大多数人没有天赋异禀，没有显赫家世。世界是个巨型斗兽场，在把选择权握到自己手里之前，至少可以做好最坏的打算，以失败者的眼光来解读每一个成功的侥幸，并且永不停歇地战斗下去。

实习期结束，晚点的火车在晃晃荡荡摇摆了几个小时之后，终于穿梭过呼啸的风雪抵达我心心念念的家人身边。

四

《爆裂鼓手》里有一幕打动了很多人，因为过度严厉被开除的教练，落魄地坐在逼仄的酒吧里对学员坦白："我不是去那儿指挥的，我是去逼他们突破自己的极限，我认为那是绝对不可或缺的。"这个被揭露的谜底让我瞬间红了眼眶。

时间显山露水，那一刻我终于承认，生命里很多考验都是为我们这些庸人量身定制的，迟早会有一瞬，我们会摆脱那些必经的错落疼痛，在现实的尘土飞扬之中，感受到自己内心深处温煦的音乐，与这座城市轻轻共振，宛如流星划过寒夜，如此明亮。

爱一天，赚一天

辉姑娘

第一个故事

某个下午我约了一位朋友在咖啡厅聊天。这位朋友是商界著名人士，谈吐温文、举止优雅，人长得又帅，甚至登上过几次商业杂志的封面，我常打趣他是女人幻想中的钻石王老五。他也不负众望，身边永远不缺漂亮女伴，只是至今未安定下来，也算给众多竞争者留下希望的空间。

我们那天下午聊得很尽兴，咖啡就续了三杯。其间一个胖胖的女孩儿坐在不远处的角落里，一直目不转睛地看他。咖啡快喝完了，她就过来轻声地问他要不要续杯，比服务员还细心。偶尔我们聊到一些合作项目，他就招手叫女孩儿过来，她抱着本子迅速地记录着他的需求。

喝到第四杯咖啡时，那女孩儿又走过来，低声在他耳边说话。我隐约听得，大意是劝他不要喝这么多咖啡，以免晚上失眠。他随意地点点头又摆摆手，那女孩儿就很高兴的样子，叫服务员把咖啡换成了柠檬水。

我看得有趣，便问："你助理？"

他点点头。

我仔细打量那胖女孩儿，实在是其貌不扬。"跟你多久了？"他有点儿茫然，努力回忆着："四……不，五年吧？记不太清了。""为什么会选择她？"我有些好奇。"做事认真拼命啊，人也挺机灵。用习惯了，离不开。"他笑起来，"我知道你在怀疑什么。拜托，我只是用她做助理，又不是跟她过日子。"想想也是。

朋友出去接个电话，大约是谈工作上重要的事，半晌未回。我无聊，就招手让那女孩儿过来，又示意让她坐下，说只是想跟她聊聊天。她也很高兴，大概枯坐了这么久也有些无聊吧。只是似乎还有些放心不下，不停地抬头看看门外。我笑道："放心，他一时回不来。"她有些不好意思地说："对不起，我习惯了。"我逗她："你工作真努力，要不你来我这边做事？我给你双倍薪水！"她吓了一跳，几乎是立刻就摇头，下意识地回答："不，谢谢。"我做出很受伤的表情，问她："你老板到底给你开了多少工资？让你这么死心塌地？"她脸红了，笑着摇摇头。我还是没忍住，又借着玩笑提出疑惑："还是他太有魅力了，你才不舍得？"她的脸红得更厉害了，却抿着嘴没吭声，也没否认。我更惊奇了，问道："你喜欢他？"问完连自己都觉得唐突，她却很坦然地点了点头。

"嚯！"我惊讶极了，忍不住感叹一声，瞬间又觉得不该这样，连忙补救："我的意思是……"她笑笑说："我明白您的意思，没关系的，我知道自己条件很差，所以也从没抱什么奢望。何况……"她顿了一下，"他也都知道。""他知道？"我有些发愣，这落花有意流水无情的窗户纸一旦被捅破，双方还能这么坦然？她点头道：“他看过那么多的仰慕和喜欢，我那点儿小心思，瞒不过他，我也没想瞒。”

“那你到底图什么？”她笑着摇头说：“什么都不图，每天这么看着他，我就很开心，忙到死都觉得开心。”“那他将来结婚了，你怎么办？”

她的目光有一瞬的黯然，“可能就离开了吧。”她说，“我早就想通了。在他身边多停留一分钟，自己就多快乐一分钟。人这一生追求的是什么？钱啊、权啊、爱情啊、家庭啊，不都是为了‘快乐’这个终极目标？对于我来说，在他身边的每一天都很快乐，这足够了。”

第二个故事

那天下午，我走进这间豪华私人病房时，忍不住暗暗心算了一下，在这里住一天的费用实在高得令人咋舌，而她已经住了整整三年。他坐在病房里，她坐在他身边白色的轮椅上。我知道他家颇有些积蓄，可是这笔开销，也实在是天文数字。我把带来的鲜花和水果放到一旁的桌上，轻声问：“还不打算出院？”他摇头说：“在这里她住得会舒服些。”

“可是……”我将目光投向轮椅上眼神呆滞的女人，“她应该很难清醒过来了吧？”

话说得残酷，却是现实。我眼看他的脸色变了变，却又渐渐平静下去。

她是他的母亲。

三年前，他陪她出门旅游，遭遇车祸，他左臂骨折，而她却因没有系好安全带被甩出车窗外，太阳穴正撞上一块石头，当场血流满面昏死过去。

那天他在急救室外面等，最危险的时候医生也说救不过来了，问要不要拔呼吸机。他坚决不肯，声称有一线希望都要救。等到母亲再醒来的时候，就是这副样子了，医生说，康复的可能性微乎其微。

我看出他心里难受，忍不住说他："你这是何必呢？"他摇头说："你们不懂。"

其实也未必一点儿不懂。

我知道他父亲在前几年因病去世，母亲是他在世上唯一的亲人，心中的依赖可想而知。

他说："你们每天都夸我工作光鲜，赚钱又多，脾气也好。却不知道我每天都觉得自己戴着面具，被老板骂，被同事挤对，像个假人一样。就连回家跟老婆说几句心里话，她也只会说，别烦我，我也很累！"

"活着有什么意义？只有回家跟我妈聊天的时候，我才是最开心的。她会给我做一碗我最喜欢的水果粥，听我唠叨、抱怨，甚至爆粗口骂那些经理，她从来不嫌我烦，而是听我说，安慰我……在她身边，我永远可以放松地做我自己。"

他的眼泪哗哗地淌下来："我舍不得她啊，她多在我身边待一天，就像偷来了一天。单单这样坐着，我就觉得自己还有个人样儿，哪怕付出再大代价我都心甘情愿。至少我可以告诉自己，在这个世上，我还有个妈。"

第三个故事

朋友小敏有先天性心脏病，不能怀孕，生命也随时可能终止。当初我们得知这个消息的时候都很难过，这么温柔可爱的一个人，可能要因此失去美好姻缘，甚至朝不保夕，实在令人惋惜。谁知今年，我收到了她的结婚请柬。请柬上是两人的合影，她的爱人据说是做日杂小生意的，相貌平平，但看着小敏的目光里却充满温柔。

我们去参加他们的婚礼。主持人宣布互换戒指后，新郎在台上拉着小敏的手，出人意料地说出一段话。

他说："我知道包括我爸妈在内的所有人都不赞成这场婚事，可是我爱小敏！将来有没有孩子无所谓，我们还有多久也无所谓。能娶她，我就特别幸福满足。"

最后他抓住小敏的手，高高举起，大声地说："我是个生意人，不懂讲什么好听的话。我就是觉得，跟小敏在一起是最不亏本的买卖！我们俩爱一天，赚一天！"

台下掌声雷动，许多女生都哭了。

塞万提斯说："爱与死有一点相同，不论帝王的高堂大殿或牧人的茅屋草舍，它都闯进去。"人这一生，有多少爱曾经光顾，又有多少可以长久驻足。然而只有随时都提心吊胆地担心失去，才会倍加珍惜。这样的爱，既投入，又刺激。为了可能到来的分别，就提前忍痛割舍，这究竟值得还是不值得？时光有多长？时光浩浩荡荡，时光也捉襟见肘。谁规定必须在私有的时光里循规蹈矩地活？何不放纵自己一次，哪怕生命下一秒就戛然而止，也算不枉来一世。跟命运讨价还价未必赢得了，甚至也许不能全身而退。可是，爱一天，赚一天。只要真正爱过，终究不会血本无归。

有什么理由一定要背井离乡

谭洪岗

年轻的艾莉丝为了过更好的生活，离开家人，独自从爱尔兰小镇来到繁华都市纽约。她一边在百货公司做售货员，一边读夜校，以便将来能找个好点儿的工作。爱尔兰电影《布鲁克林》讲的是 20 世纪 50 年代的故事，然而年轻人离开家乡独自到大城市谋发展的类似经历，在今天的北京、上海、广州、深圳等地，到处都能见到。

艾莉丝是万里迢迢乘船去美国的。一路颠簸劳顿不是为了“诗和远方”，而是在家乡实在没有像样的工作机会。她所生活的年代、交通及通讯都远没有今天便利，一封家书要等上好久。初到纽约，想念家乡的亲人时，她会难过到没法平静地工作。好在，勤奋上进又乐于扩展交际面的年轻人，到哪里都容易遇上机会。艾莉丝很快结识了年轻热情的意大利裔水管工，异乡的生活变得温暖而温馨。

对他们的考验发生在艾莉丝回乡探亲时——她唯一的姐姐忽然过世，震惊之余她当即回家奔丧。此时故乡只剩下妈妈一人，妈妈很想把艾莉丝留在身边。返乡期间，艾莉丝也遇上了对她一见钟情又条件优越的新追求者。留在故乡，还是再次奔向远方？这位年轻姑娘，遇上了一次重大抉择。

如果是你，会如何选择？反复比较小城镇和大城市的生活各自有哪些好处、坏处，从来不是做取舍的好方法。按常规来说，家乡小城会更宜居，大城市则发展机会更多，两者没有绝对的高低好坏之分。你若清楚地知道自己想要什么、看重什么，便不会太游移不定。

去哪里生活，关键看你在哪里能活得幸福而心安。而跟谁在一起，就更要先回到内心，才容易有清晰的判断。择偶时，只要认清真心所在，那即便有再多的候选人，也容易取舍。

记得读到过一个有意思的故事。一位年轻小伙子觉得他所结识的三位姑娘人都很好，不知道该跟谁加深交往。他去向一位智慧长者请教，长者平静地要他简单描述一下对那三位姑娘的印象。听完小伙子的描述，长者淡然告诉他："你心里喜欢的是第三位。"小伙子吃惊地询问："你怎么知道？"长者答："你只有在谈到她的时候，眼睛里有光芒。"

无论对你喜欢的人还是事物，那份真心，就可以令你绽放光芒，有心的旁观者都能看见。反倒是当事人，有时要费一段时日才能认清。并不是识别自己的真心有多困难，而是我们常常被各种杂念或旧日的经验困住，以致心思迷乱。

比如说，你可能被灌输过，或者从之前努力谋生的经历中学到：生活艰难，活下来是第一位的；良好的物质条件就是幸福，放下这么实实在在的幸福，去追求那些看不见、摸不着、虚无缥缈的东西，会不会是脑子进水？感情上，认真你就输了……有许多先入为主的成见时，你会看不见也看不懂显而易见的东西。

艾莉丝回乡奔丧期间，也和新老朋友们玩得很开心。她大概也考虑过留下，此地既然如此舒适，有什么理由一定要背井离乡外出奔波？然而最终，她重新踏上了漫漫长路，回到了纽约，她所爱的人在那里等着她。当然，家乡小镇上的一些居民流露出的窥探他人生活、幸灾乐祸的习气，也明显推了她一把，帮她下定了回纽约的决心。

漂洋过海开阔眼界，终归是好的。体验过自由的人，很难再忍受拘束和局限。你看见过真正好的活法，便无法再屈就于糟心的活法。细枝末节可以不讲究，大事却没法随意将就。懵懵懂懂没有选择的余地时，你会盲从或屈从于很多你并不认同的东西，艾莉丝的幸运在于：远赴纽约谋生再回乡探亲的这段时日，她已见过世面，也历练出了重新选择的能力和实力。

再次乘船远渡重洋，艾莉丝和初次离开家乡时不一样了，少了迷茫，多了坚定，她已经可以作为过来人，指点扶助船上初次离家的小同乡；小同乡那种对远方既向往又害怕的不知所措，都是她经历过的。可以说，早先艾莉丝不知道她能不能过得更好、生活得更幸福，现在，她知道她有活得更幸福的能力了。

幸福来自哪里？你所生活的地域其实并不决定什么。你身边的人外在条件如何，也非决定性因素，只要真心相爱、温柔相待，都可以甜蜜美满。甚至，你本身的外在条件如何，也不重要。当眼前出现多个机会，因何去何从而烦恼煎熬时，那表示我们误以为是那些机遇、处境决定我们的幸福与未来。殊不知，所有的境遇只不过是帮你认清：原来我有能力去爱，原来我经受得住这些变化；原来我只需负责提升自己，一切自有最好的安排。

不后悔干的“蠢事”

雷军　　口述
赵福帅　采访

18 岁上大一那年，我看了《硅谷之火》这本书后，激动不已。我就想我可以做点儿什么？远在中国的大学生，有没有机会像硅谷英雄一样，书写属于自己的篇章？就这样，18 岁那年，我有了坚持至今的梦想。

1991 年，我去了金山公司，那时候 WPS（一款中文办公软件）刚起步。1996 年时，我们陷入困境，拳头产品 WPS 遭遇到和微软极其惨烈的竞争。那时第一波的民族软件公司基本都死了。我们也快要关门了，收入几乎跌到了零，很多人离开。

我们面临一个重大选择：“革命”何去何从？后来我们想清楚了怎么生存，方法就是游击战，什么微软不做，我们就做什么。我们做了金山词霸、金山毒霸等。其实做这些选择很容易，真正难的是，10 来个人、七八条“枪”，能跟跨国公司竞争吗？我们还要继续做 WPS 吗？

在只有十几个人的时候，我们居然做出了这样的决定：把 WPS 进行到底，把办公软件做到底。这是个极为艰难的决定，做了这个决定后，就是长达十多年“暗无天日”的金山创业史。

在 20 世纪 90 年代末，金山比现在这些 IT（信息技术）公司大很多，但我们错过了整个互联网。我们把最优秀的人大部分派往 WPS，做的所有产品都是为了以战养战，挣钱来养 WPS。我们背着一个巨大的包袱在长征，那几年的仗打得非常苦。在这十几年里，金山不是一个很成功的公司。

后来那几年我反复在盘算，假如我们不坚持做 WPS 呢？假如我们顺势转战互联网呢？但我们选择了做 WPS，失去了巨大的商业机会。

40 岁时，我新办了“小米科技”。可能很多人认为 40 岁已经很老了，我不这样看，因为 40 岁时我觉得人生目标还没有实现，我愿意再去试一把。我那时压力很大，最担心的是失败了没面子。因为我曾“冒充”创业导师，参与创办了 20 多家公司。

支撑我跨过这些的，最重要的还是 18 岁那年，我曾经有过的梦想。不管成功还是失败，我可以很骄傲地对自己说：我此生无憾。

现在的数据是，在 PC（个人计算机）上，每个月使用 WPS 的是 5800 万人，手机上是 1800 万人，这还不包括政府采购的不联网的 WPS。15 年的坚守，WPS 又获得了一个弯道超车的机会。

过去 3 年里，我也一直在想，如果历史重新回到 1996 年，有了今天的商业经验，我还会不会坚持做 WPS？

现在我想出了答案：假如生命能重来一回，我还是会坚持原来的选择。这就是人的宿命。因为在我的骨子里，在 18 岁那年，我选择了做一个不平凡的人，所以太平凡的事对我没有吸引力。所以才会选择像堂吉诃德一样，凭十来个人的小公司去做一件不同寻常的事情。这个决定不是今天 40 来岁的我能做的。

40 岁之后，我一再讲顺势而为。我觉得 20 来岁的雷军，干了一件什么“蠢事”呢？叫逆天而为。顺势就该转向互联网，可是当时我不服气，要扳回来。

志存高远与顺势而为冲突时，我选择了前者。不是傻，不是看不到，是年轻人一腔热血，就是想干一番伟大的事情。所以我们不后悔。

人生永远没有太晚的开始

〔美〕摩西奶奶
老姜　张美秀　编译

今年，我一百岁了，趋近于人生尽头。回顾我的一生，在八十岁前，我一直默默无闻，过着平静的生活。八十岁后，未能预知的因缘际会，将我的绘画事业推向了巅峰，随之带来的效应，便是我成了所有美国人都耳熟能详的大器晚成的画家。

我的老伴已离世多年，孩子们也依次被我送走，我的同龄人也一个个离开了我。我觉得自己越活越年轻，越来越喜欢与年轻的曾孙辈们一起玩。他们累了、倦了，便喜欢围坐在我身旁，不嫌曾祖母絮叨，听我说些老掉牙的人生感悟。

有人问，你为什么在年老时选择了绘画，是认为自己在画画方面有成功的可能吗？我的生活圈从未离开过农场，我曾是个从未见过大世面的贫穷农夫的女儿、农场工人的妻子。在绘画前，我以刺绣为主业，后因关节炎不得不放弃刺绣，拿起画笔开始绘画。假如我不绘画的话，兴许我会养鸡。绘画并不是重要的，重要的是保持充实。不是我选择了绘画，而是绘画选择了我。

有年轻人来信，说自己迷茫困惑，犹豫要不要放弃稳定的工作，做自己喜欢的事情。人的一生，能找到自己喜欢的事情是幸运的。有自己兴趣爱好的人，才会生活得有趣，才可能成为一个有意思的人。当你不计功利地全身心做一件事情时，投入时的愉悦、成就感，便是最大的收获与褒奖。今年我一百岁了，往回看，我的一生好像是一天，但在这一天里我是尽力开心、满足的。我不知道怎样的生活更美好，我能做的只是尽力接纳生活赋予我的，让每一个当下完好无损。

七岁的曾孙女抬头问："我可以像曾祖母一样开始绘画吗？现在开始还来得及吗？"我将她拥入怀里，摩挲着她的头发，紧握着她的小手，注视着她，认真地回答："任何人都可以作画，任何年龄的人都可以作画。"不喜欢绘画的人，也可以选择写作、歌唱或是舞蹈等，重要的是找到适合自己的道路，寻找到你心甘情愿为之付出时间与精力，愿意终生喜爱并坚持的事业。

人之一生，行之匆匆，回望过去，日子过得比想象的还要快。年轻时，爱畅想未来，到遥远的地方寻找未来，以为凭借努力可以改变一切，得到自己想要的。不到几年光景，年龄的紧迫感与生活的压力扑面而来，我们无一幸免地被卷入残酷的生活洪流，接受风吹雨打。

我的孩子们，投身于自己真正喜爱的事情时的专注与成就感，足以润色柴米油盐酱醋茶这些琐碎生活带来的厌倦与枯燥，足以让你在家庭生活中不过分依赖，保留独属于自己的一片小天地。寻觅到一个懂你、爱你的伴侣，两个人组成的小小世界，足以抵挡世间所有的坚硬，即使在面对生活的磨砺与残酷时，也不觉得孤苦，不会崩溃。孕育小生命的过程，会感觉到生命的奇迹，会获得从未有过的力量。当一双小手紧抓着你时，完全地被依赖与信任会让你感受到自我的强大，实现自我蜕变式的成长。

人生并不容易，当年华已逝、色衰体弱，孩子们，我希望你们回顾一生时，会因自己真切地活过而感到坦然，淡定从容地过好余生，直至面对死亡。

时间的雕刻

刘荒田

前年春天，我置身于夏威夷的海滩，在雪白的沙子上铺一条浴巾，舒坦地躺下。碧蓝近在咫尺，不时气势汹汹地扑打过来。我被微咸的海水覆盖着脸，水流走后，细沙散在颊间和鼻翼旁。看着身边的沙，在浪花中进退、翻滚，留下一道道棱线，我忽然想起时间对人脸的雕刻。毫无疑问，这是人间最恒久、最繁复、最有看头的艺术。这一工程，须有双方的合作，人献出身体，时间拿出刻刀。人体的新陈代谢，从成长、成熟到衰老，不停顿地进行。

同样，人一辈子持续进行的，是时间对其的雕刻。在这个工程的预备期，时间假手许多物质。最先，派遣羊水，浸泡、塑造，使胎儿成型。瓜熟蒂落，婴儿离开了子宫，以脐眼为终生的印记，从此，成为独立的个体。

从出生的第一天，雕刻师——时间便在场。无一幸免地，我们被这个最称职的艺术家置于完全严密的控制中。首先，雕刻师制作“粗坯”，大而化之，轮廓和线条，以简单为原则。婴儿皮肤的嫩滑，儿童眼睛的澄澈，少男丰茂的头发，少女修长颈项上的绒毛……这些，都属于伟大艺术家的创作。他为每个人打“草稿”，总是先粗后细，先浅后深。所谓“天真”，指的就是没有被时间精细加工的样子，一如没有云彩和污染的蓝天，避开霜雪风暴侵凌的春天的草叶。

青春是时间的杰作，整个作品的格局已定。男子的皮肤长了毛和青春痘，肌肉带上山岳的棱线，嘴唇上下有了粗硬的胡楂；女子的身体有了诱人的曲线，脸孔带上桃花一般的娇艳。如此蓬勃而芜杂，妩媚而敏感，雕刻师欣赏时也陶醉了，忘情了，不舍得再加一刀。这就是为什么世间留下稀缺的“不老”的神话，但限于某个时期。

然而，时间的创作，不以“完美”为终点，他的使命是“完成”——把工作直做到心脏停止跳动的瞬间。

人到中年，雕刻师开始施以“工笔”。饱满额头上的三道横纹，是中号刻刀利落地刻下的，抬头之际格外昭著。随后以小号刻刀的精细镂出眼角的鱼尾纹。光滑的颊下开始“水土流失”，一道道纹被刻刀凿开，继而被岁月的流水冲刷复冲刷，终于成为沟壑。这个永不停歇的雕刻师，有的是辅助工。他让四季不同的风，吹拂手头的作品。春风给少妇的眉眼刷上慵倦的性感，秋风呢，有如扫过密林一般，使得人的头发变得萧疏，下一步就是披上白雪。

大抵而论，时间对每一个人生命的下半部，基本上都做减法。这是雕刻师的工作原则，正如大师罗丹的名言：“雕刻就是把多余的去掉。”丰腴变为瘦瘠，浩瀚变为细小。反其道而行的也有，如腰围和老年斑与日俱增，但改变不了生命化繁为简的总体格局。

时间的功夫若只下在人体外部还好，人有望保持心灵的年轻。可是，时间必须履行使命，那就是“完成”——时间的完成就是人的完成。欲望从繁复变为简约，情绪从激昂变为平和，思想从肤浅变为深刻。而内与外，常常是一致的。睿智的眼神配通达的心灵，邪恶的表情配阴险的灵魂。然而，不乏内外相悖的例子——歌德在 86 岁那年，狂热地追求一个 16 岁的少女，在即将迈入死亡的肉体内，居住着一个翩翩少年。如此地不合逻辑，如此地忤逆宿命。看来，时间的雕刻，未必每一刀都按照既定的步骤。生命的多彩和诡奇即在这里。

寂静会滋养我们的灵魂

高峰

为了寻求自然的寂静，一个叫戈登·汉普顿的美国人，读研究生时辍了学，走遍全世界，记录大自然的美妙声音。30 多年过去了，这个曾经的小伙子成了六旬老者，也早已是世界知名的环保人士。

自然界的美妙声音

曾有人好奇地问汉普顿："什么是自然的寂静？"他是这样回答的："自然的寂静是只留下大自然以其最自然的方式发出的声音。是昆虫拍打翅膀在午后明媚的阳光中飞行的柔和曲调，是清晨喜鹊和蝉令人惊讶的大合唱，是大雨在茂密枝叶上震撼人心的演奏，也是清风拂过脖颈的柔和细语。"

在大学，汉普顿主修植物学，后来又开始读植物病理学研究生。一有时间，他就跑到户外观察并研究各种植物。有一次，汉普顿开车从西雅图前往麦迪逊，天黑后他一时兴起，决定在路边的玉米地里过一夜，这样还能省下一晚上的住宿费。“我躺在那里，听蟋蟀的鸣叫和各种自然的声音。半夜时分，雷声响了起来，暴风雨也紧随其后，不过，我没躲回车里，虽然浑身湿透了，但我依旧躺在那里聆听风声、雨声、雷声……突然之间，一个问题击中了我：我已经 27 岁了，为什么从没注意到自然界的声音这么美妙呢？”

“听风者”的生活

这次经历改变了汉普顿的人生轨迹。他索性辍学，开始全身心地记录自然界的声音。

除了记录大自然的声音，汉普顿还与旅途中邂逅的人交流对寂静的认识，并将对话记录下来。他还拜会当地官员，呼吁他们关注噪声污染问题。

作为一个辍学学生，他不得不骑自行车当快递员拼命赚钱，赚够一次路费后，他就再次上路。

1992 年，汉普顿执导的纪录片《消失的黎明大合唱》获得艾美奖“杰出个人成就奖”，他所做的工作才开始被世人注意。

与此同时，许多著名的媒体以及机构，如史密森学会、美国国家地理和探索频道等，都找上门来，请他提供原始声音素材。

寂静正在迅速消失

过去 30 多年里，汉普顿曾多次环游世界，记录了除南极以外各地的声音。1983 年，汉普顿在华盛顿州找到了 21 个寂静的地方，它们不受噪声干扰的间歇可以达到 15 分钟以上，可是到 2007 年只剩下了 3 个。“设想一下，你要找一个地方，在那里你可以静坐 20 分钟，听不到人类活动发出的声音。这样的地方在美国不超过 12 个，欧洲则一个也没有。”根据汉普顿的调查，在美国荒郊野外和国家公园，白天没有噪声干扰的平均时间间隔已经缩短到 5 分钟以下。为此，他建立了网站，倡导大家享受寂静，保护声音生态环境。

在汉普顿看来，自然的寂静不仅仅是一种声音，更是与自然、与自己交流的途径。“寂静滋养我们的灵魂，让我们明白自己是谁，等我们的心灵变得更乐于接纳事物，耳朵变得更加敏锐后，我们不只会更善于聆听大自然的声音，也更容易倾听彼此的心声。”

汉普顿很喜欢引用西雅图一位老酋长的话，150 多年前，这位酋长在写给时任美国总统富兰克林·皮尔斯的信中说：“如果在夜晚听不到夜莺优美的叫声或青蛙在池畔的争吵，人生还有什么意义呢？”

向死而生

李开复

与病魔抗争了17个月后，李开复将他自2013年9月得知自己罹患淋巴癌以来，治疗过程中鲜为人知的故事和心路历程以及从死亡线上回来后的人生思考与读者分享。

生病之前，我被美国《时代周刊》评选为“2013年全球最有影响力100人”之一，我意气风发地赴美受奖，自认为实至名归、当之无愧。然而，吊诡的是，领奖回来没几个月，我就发现自己生病了。我被赤裸裸地暴露在病痛的风暴中，再大的影响力、再高的知名度都帮不了忙；在诊疗间、病床上，我什么都不是，就是一个随时可能在呼吸之间失去所有的病人。

那时候，我常常怨天怨地，责怪老天爷对我不公平。我从内心深处发出呼喊：“为什么是我？我做错了什么？这是因果报应吗？我是天之骄子啊！我有能力改变世界、造福人类，老天爷应该特别眷顾我，怎么可以把我抛在癌症的烂泥潭里，跟凡夫俗子一起在这里挣扎求生？”

朋友看我很痛苦，特地带我去拜见星云大师，并让我在佛光山小住几日。有一天，早课刚过，天还没全亮，我被安排跟大师一起用早斋。饭后，大师突然问我：“开复，有没有想过，你的人生目标是什么？”

我不假思索地回答：“‘使影响力最大化’‘世界因我不同’！”这是我长久以来的人生信仰：一个人能在多大程度上改变世界，就看自己有多大的影响力；影响力越大，做出来的事情就越能够发挥效应……这个信念像肿瘤一样长在我身上，顽强、固执，而且快速扩张。我从来没有怀疑过它的正确性。

大师笑而不语，沉吟片刻后说：“这样太危险了！”

“为什么？我不明白！”我太惊讶了！

“人是很渺小的，多一个我、少一个我，世界都不会有变化。你要‘世界因我不同’，这就太狂妄了！”大师说得很轻、很慢，但一个字一个字说得清清楚楚。“什么是‘影响力最大化’呢？一个人如果老想着扩大自己的影响力，你想想，那其实是在追求名利啊！问问自己的心吧！千万不要自己骗自己……”

听到这里，我简直如五雷轰顶，从来没有人这么直接、这么温和而又严厉地指出我的盲点。我愣在那里，久久没有答话。

“人生难得，人活一回太不容易了，不必想要改变世界，能做好自己就很不容易了。”大师略停了停，继续说，“要产生正能量，不要产生负能量。”他说的每一个字都落在我的心田里，“面对疾病，正能量是最有效的药。病痛最喜欢的就是担心、悲哀、沮丧，病痛最怕的就是平和、自信以及对它视若无睹。我患糖尿病几十年了，但我无视它的存在，每天照样做我该做的事，我现在还不是活得好好的！”

那几天常听大师开示，我觉得自己过去坚信不疑的很多价值观、信念都是有缺陷的。我当时还带着很多因为身份、名望、地位而来的自负，大师的话语，我虽然记住了，可是我并没有完全明白，也没有完全接受，甚至还有点儿不服气。

有一天，我想到我时常在微博上针砭时弊，也曾对一些负面的社会现象口诛笔伐，于是请教大师要用什么样的态度去面对社会上的“恶”。没想到，大师还是以一贯平和的语气回应我：“一个人倘若一心除恶，表示他看到的都是恶。如果一心行善，尤其是发自本心地行善，而不是想要借着行善来博取名声，才能引导社会，对社会产生正面的效应。”

“可是，如果看到贪婪、邪恶、自私等负面的现象，又该怎么办呢？”我想辩解。

大师说：“要珍惜、尊重周遭的一切，不论善恶美丑，都有其存在的价值。就像一片生态完整的森林里，有大象、老虎，也一定有蟑螂和老鼠。完美与缺陷本来就是共存的，也是从人心产生的分别。如果没有邪恶，怎能彰显善的光芒？如果没有自私的狭隘，也无法看到慷慨无私的伟大。所以，真正有益于世界的做法不是除恶，而是行善；不是打击负能量，而是弘扬正能量。”

养病期间，大师的话语时常在我心中回荡。我想的最多的就是“影响力”这三个字。

那时候，我确实沉溺在各种浮躁的快感中，我是万众瞩目的焦点，走到哪儿都有粉丝围绕着我；我在微博上的影响力，让我能够轻易发起万人实名抵制某一档红火的电视节目；我认为自己是路见不平、仗义执言的大侠，丝毫未察觉自己已经越界。我坚信自己是在关心社会，但骨子里我已经被千万粉丝冲昏了头。每一个社会重大事件，粉丝都会期待我的表态，于是我陷入言论被转发与关注的热潮中，不能自已。甚至还运用我的专业知识，筛选最值得关注的微博，好让我的言论更具有影响力。

大师重重点醒了我，他说：“追求影响力最大化，最后就会用影响力当借口，去追求名利。不承认的人，只是在骗自己。”为了追求更大的影响力，我像机器一样盲目地快速运转，我心中那只贪婪的野兽霸占了我的灵魂，各种堂而皇之的借口，遮蔽了我心中的明灯，让我失去准确的判断力。我告诉自己，有了影响力，我就可以伸张正义，做更多有意义的事。但我的身体很诚实，我长期睡不好、痛风、便秘，还患了几次带状疱疹。这些警示都太微弱了，无法撼动我那越来越强大的信念。人说“不到黄河心不死”，狂心难歇，最后身体只好用一场大病来警告我，把我逼到生命的最底层，让我看看自己的无知、脆弱、渺小，也让我从身体小宇宙的复杂多变，体会宇宙人生的深邃和奥妙。

身体病了，我才发现，其实我的心病得更严重！当我被迫将不停运转的机器停下来、不再依赖咖啡提神的时候，我的头脑终于可以保持清醒，并清楚地看到，追逐名利的人生是肤浅的，试图改变世界的人生是充满压力的。珍贵的生命旅程，应该抱着初学者的心态，对世界保持儿童般的好奇心，好好体验人生；让自己每天都比前一天有进步、有成长，不必改变别人，只要做事问心无愧，对人真诚平等，这就足够了。如果世界上每个人都能如此，世界就会更美好，不必等待任何一个救世主来拯救。

现在，之前汲汲营营追求的一切，在我心里都渐渐淡了。卸掉身上很多看不见的负担，我才有能力辨识，网上许多激昂、沸腾的讨论，常常都充满了负能量。

昨日种种，譬如昨日死；今日种种，譬如今日生。病中醒来，昏聩的心灵也醒过来了。我现在不太看网络消息，更不觉得自己需要在网上仗义执言。眼不见，心不烦，不见可欲，使人心不乱；不烦不乱，就不会给身心带来压力。压力是一切疾病之源，就算是对自己的健康负责，我也势必要远离过去的生活方式了。

总有一些人，改变了你的整个生命

一直特立独行的猫

很多人说我有个性、有勇气、有胆量，可回想起来，小时候我不是这样的小孩儿，我很乖、很听话。有两个人，两段时光，就好像在我生命中悄悄潜伏着，让我长大后变成了另外的样子。

第一个人，是我初中时候的女校长。我上初中的学校，是一所很特别的新学校，招生简章上的描绘，当时只是一个胖胖的中年女校长的伟大构想。那是一所师范大学的附中，刚刚成立，刚开始招生。附中的教学楼是国家一级文物保护单位，有一百多年的历史，古香古色，充满了复古气息。附中的校长是大学的女校长，附中的副课老师是大学各科系的教授，附中所用的电脑房和实验室都是大学的，附中的操场和食堂也是大学的。女校长发誓，要在三年内将新学校建成全市一流的初中。可发誓有什么用？哪个家长会相信一个女校长的誓言？况且很多人都认为校长的构想是瞎掰，大学怎么能跟初中在一起，而且还让初中的孩子混在大学校园里上课？于是，女校长奔波走访了附近片区的小学，想办法拿到优秀学生的名单，挨个找家长宣讲。校长看到我得过的所有荣誉证书后，便信誓旦旦地告诉我妈要定了我。于是，我那标新立异的爸妈就想办法让学校删掉了我原来准备去的最好的学校，转而让我走进了这所还在构想中的学校。

三年的初中时光，我就在这栋古色古香的教学楼里度过，楼道里铺着红地毯，剧组常常来借景拍戏。语数外聘请全市最好的老师，教政史地的都是大学教授，高级漂亮的大学机房、高科技的大学实验室、高大上的图书馆和自习室构成了我对初中的全部回忆。我总记得那个有一百多年历史的教学楼，哥特式建筑中，总有些狭窄的暗道、只容一个人通过的楼梯间。神秘的三楼永远锁着门，楼顶的国旗不知道是什么人升上去的，而我们天天跟大学生混在一起。那时候评价一所学校好不好，要看毕业生的成绩，而我的学校别说成功案例，连一届毕业生都没有。我们每一天都在践行着女校长的伟大构想，可全市的家长和学校都在等着看我们三年后的笑话。

三年后，我们虽然只有部分人成绩不错，并没有像奇迹一样一炮而红，被连锅端到重点高中，但那又怎么样？校长不死心地坚持自己的构想。等三年后我再回去，学校已经变成了全市著名的学校。再过几年，听闻学校连年出中考状元，高中部也成立了。去年我在客户公司见到一个漂亮的女实习生，据说是个状元，随便聊了两句，竟然发现我们毕业于同一所学校，而她居然是那年的状元，我真的有点儿惊呆了。那一刻，我脑子里仿佛都是那个胖校长的声音和宣讲时的手势。

第二个人是我大学时候的校长。每当我跟别人提起他时，人们总是捧腹大笑又目瞪口呆。我的大学那时候只是所师范学院升级后的大学，不知道从哪里来的敢为天下先的校长，划了片地，盖上了豪华的新校区。我入校的时候，招生简章上的小河还是土沟，小桥还是砖头，到处都是大兴土木的景象。这位校长也有伟大构想，但可能是不知道从何做起，于是跑去国外常春藤盟校参观学习，学习归来便开始进行改革，比如大学宿舍楼不分男女，男生一层女生一层交叉着来；与国内名校联合，把自己学校的优秀学生在大三时输送到名校等等——我就是那个时候被送到了北大——校长很有想法，想法还很奇特。这期间，也有很多失败的案例，比如男女生宿舍乱套了，没办法，第二年又让男女生分楼住；去名校读书的学生老不及格，回来毕不了业，等等。我不知道那些年校长是不是很头疼，但我觉得好带劲儿。我没见过校长，但总觉得他一定是一个常常抓耳挠腮却愈挫愈勇的人，因为学校太大，他的想法太多，有成功的，更有失败的。他像一个永动机，出去参观学习，回来改革，成功了便继续发扬，失败了就想办法改进。

去年我写了一本书，里面有一章节是大学时候的故事，于是寄给校长一本，以感谢他当年不停歇的伟大实验，让我成为今天的我。校长请我回学校分享毕业心得，当我重回母校的时候，发现学校已经焕然一新，部分专业从二本 B 类升到了一本 B 类，有很多优秀的教师，新一届的领导班子也更富有活力和想法。几乎所有的人，我都不认识了，但我记得那个想象中抓耳挠腮、天天折腾的校长，记得那个对我说“谢谢你回来，学校对不起你，如果我们再努力一点儿，你就不用吃那么多苦了”的校长。

其实，我在校时也不是多好的学生，这两所学校里也根本没有我的什么成绩被载入史册。我就是平凡众生当中的一个，不好不坏不出挑的那一个。但我总记得他们，记得他们的勇敢，记得他们描绘自己伟大构想时的声音和拳头。我总觉得，他们就像两颗定时炸弹，先后埋在我心里，耐心地等着我长大和理解，直到有一天在我心里爆破，让我成为一个敢于梦想的人。

这个世界，总有一些人，肩负着压力走在自己特立独行的梦想中。也许他们不会很快成功，也许他们一辈子都实现不了自己的构想，但他们足够勇敢。他们相信自己，在并不青春的年纪里依然做着一个伟大的梦。

他们的坚持与特立独行，总会影响一些人，可能不会马上看到效果，也不会马上就有人响应，但就好像将一颗奇特的种子埋在每一个被他们影响的人的心里，比如还是孩子的我，比如长大后的你。他们在不经意间，改变了周围人的命运，也改变了自己的人生。

偷咖啡的孩子

郭克秀

1961 年的那个冬天，对他来说很寒冷，当卡车司机的父亲出了车祸，失去了一条腿，从此要拄着拐杖走路。这就意味着父亲失去了工作，家庭失去了经济来源。

失去工作的父亲，一同失去了生活的信心和勇气，每日借酒消愁，变成了一个酒鬼。只要他稍不听话，父亲便大发雷霆，挨打就像是家常便饭。

12 岁那年的圣诞夜，家家灯火璀璨，美食飘香。唯有他的母亲因借不到钱而愁眉不展，父亲大发雷霆，骂他们都是笨蛋。无奈的母亲只得驱赶他们到街上玩，肚子饿得咕咕叫的三个孩子，发现一家商场门口的促销商品琳琅满目。一个念头瞬间在他的内心产生，他让弟弟妹妹先回家，而自己一直注视着一罐包装精美的咖啡，他太想让父亲开心一下了。

瞅准时机，他快速拿起那罐咖啡塞到棉衣里，却不巧被店主看到。店主大声喊着“抓小偷”，他撒腿就跑，跑得足够快，自以为甩掉了店主。他回家将咖啡送给了父亲，父亲很开心，打开那罐咖啡，香浓的气息飘逸而出。还没来得及品尝，店主已追到了家里，事情败露之后，他遭到一顿毒打。

这个圣诞节对他来说是刻骨铭心的。

后来他进入了北密歇根大学，为了节省路费，上学期间他没回过家，所有的节假日都在打工。

艰苦的环境令他不断成长。毕业后，他从一份销售员的工作干起，后来，还晋升为一家公司的副总裁。

那一天，母亲打来电话，说父亲想他了，想见他，他从没想到父亲能说出这样的话。当时他正忙着和一个客户谈判，于是拒绝了母亲。两个星期后回家，才得知父亲已经过世了。后来整理父亲遗物的时候，他发现一个锈迹斑斑的咖啡桶，他认得那是他 12 岁那年偷的那罐咖啡。盖子上有父亲的字迹：儿子送的礼物，1964 年圣诞节。里面还有一封信，上面写着：“亲爱的儿子，作为一个父亲，我很失败，没能给你提供优越的生活环境，但是我也有梦想，我最大的梦想就是拥有一间咖啡屋，悠闲地为你们研磨、冲泡香浓的咖啡。这个愿望无法实现了，我希望儿子你能拥有这样的幸福。”

昔日的打骂成了珍贵的记忆，悲伤顿时占据了整个心灵。妻子雪莉鼓励他说：“既然父亲的愿望是开间咖啡店，那么我们就替他完成愿望吧！”

于是他开始留意与咖啡相关的信息。他发现一家销售咖啡豆的公司，并深深地喜欢上了，为此，他毅然辞去年薪 7.5 万美元的工作，担任那家公司的营销总监。但是，他还有更深远的梦想，那家公司的高层并不认可，无奈之下，他又离开了。之后，他疯狂地四处融资。他的执着并不为人所理解，有人劝他放弃梦想，去干点儿实事。可他无法放弃。

两年后，历尽艰辛的他终于募集到了足够的资金，他买下了那家公司的全部股份。

那家公司就是星巴克，而他就是那个为父亲买下梦想的穷孩子舒尔茨。